這是妳與我的最後戰場，
或是開創世界的聖戰 13

the War ends the world /
raises the world

So Se lu, Ec I nes flan-l-dizis.
你的世界冰冷又黑暗。

Be-lit E yum haul getis corna-Ye-xeo noi bie phia.
儘管你點起小小的火苗並盡力呵護它，

hiz mis cia dia noi bie flow lef Ec girid.
就算受到你的光輝照耀，肯定也還是有人裹足不前。

Kadokawa Fantastic Novels

機械運作的理想鄉

「天帝國」

伊思卡

Iska

隸屬於帝國軍人類防衛機構第三師第九〇七部隊。過去曾以最年少之姿晉升至帝國最強戰力「使徒聖」，卻因為協助魔女越獄而被剝奪資格。擁有能阻絕星靈術的黑鋼星劍，以及能將最後斬過的星靈術重現一次的白鋼星劍。是為了和平而戰的直率少年劍士。

米司蜜絲・克拉斯

Mismis Klass

第九〇七部隊的隊長。雖然長著一張娃娃臉，怎麼看都是個小女生，但其實是個不折不扣的成年女子。儘管個性憨傻，但責任感強烈，深受部下們的信任。由於摔落至星脈噴泉，因而化為魔女。

陣・修勒岡

Jhin Syulargun

第九〇七部隊的狙擊手，有著出神入化的狙擊技術。由於和伊思卡拜同一位人物為師，因此結交已久。雖說個性冷酷，而且嘴上不饒人，但也有為同伴著想的熾熱之心。

音音・艾卡斯托涅

Nene Alkastone

第九〇七部隊的機工負責人。是一名開發兵器的天才，能將從超高空拋射穿甲彈的衛星兵器操控自如。她將伊思卡視為兄長般仰慕，是一名純真可愛的少女。

璃灑・英・恩派亞

Risya In Empire

使徒聖第五席，俗稱「全能天才」。是戴著黑框眼鏡、身穿套裝的美麗女子。與米司蜜絲同期入隊，對她相當中意。

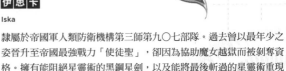

魔女們的樂園

「涅比利斯皇廳」

愛麗絲莉潔・露・涅比利斯九世

Aliceliese Lou Nebulis IX

涅比利斯皇廳的第二公主，亦是下一任女王的有力人選。她是能操控寒冰的最強星靈使，以「冰禍魔女」之名令帝國聞風喪膽。厭惡皇廳內部爾虞我詐的她，在戰場上遇見了敵國劍士伊思卡，與之光明磊落的一戰打動了她的芳心。

燐・碧士波茲

Rin Vispose

愛麗絲的隨從，能駕馭土之星靈。女傭服底下藏滿暗器，在刺殺方面也擁有極高的造詣。雖然總是擺著一張撲克臉，難以看出內心的想法，卻對胸部的大小相當自卑。

希絲蓓爾・露・涅比利斯九世

Sisbell Lou Nebulis IX

涅比利斯皇廳的第三公主，也是愛麗絲莉潔的妹妹。她寄宿著能以影音形式重播過去現象的「燈」之星靈。過去曾被帝國關入大牢，並受到伊思卡救助。

假面卿昂

On

與露家相爭下任女王寶座的佐亞家一分子。居心叵測的謀略家。

琪辛・佐亞・涅比利斯九世

Kissing Zoa Nebulis

被稱為佐亞家祕密武器的強大星靈使。寄宿著「棘」之星靈。

米潔曦比・休朵拉・涅比利斯九世

Mizerhyby Hydra Nebulis IX

休朵拉家的公主，亦是下一任的女王候選。身上寄宿著名為「光輝」的特殊星靈。

伊莉蒂雅・露・涅比利斯九世

Elletear Lou Nebulis IX

涅比利斯皇廳的第一公主。將精力耗費在遊歷外地上，鮮少滯留在王宮之中。

the War ends the world / raises the world

CONTENTS

Prologue 「月亮（佐亞）大勢已去」

月亮（佐亞）大勢已去。

像是餘音繚繞的教會鐘聲一般，這段話語一再掠過腦海。

「……騙人的吧？」

她名為夏諾蘿蒂．葛雷高里。

為了活用自己與生俱來的強健體魄和強大的星靈，她自願報名訓練過程格外嚴酷的帝國軍臥底任務。她長期在帝國軍裡擔任臥底，竊取各式各樣的情報。

而在她的眼前——

月亮的精兵們接連被帝國軍打了出來。

所有人都沒有一絲動靜。

甚至看不出來他們是沒了呼吸，抑或只是失去意識。

超過十名身穿西裝、打扮成上班族的同志們，就這麼毫無還手之力地被送上帝國軍運輸機。

——以俘虜的身分。

……這是怎麼回事？

……不是說好要在這裡碰頭嗎！大家怎麼了！

帝國領第八國境關卡。

他們原本要通過這處關卡，以帝都為目標前進才對。

然而在自己（夏諾蘿蒂）抵達之際，眾人都已成了帝國軍的俘虜。

其中還包括以金屬面具覆蓋面孔的男子。

——假面卿昂。

他是月亮的代理當家，也是這起帝國侵略計畫的核心人物。可是此時就連他都遭到帝國軍拘捕，以俘虜的身分遭到押送。

只有一人——

月亮的殺手鋼琪辛公主沒出現在現場。以當下的狀況看來，很難想像只有她順利逃出生天。

「……到底……發生什麼事了……」

第八國境關卡的入口處。

從草叢裡窺探狀況已經耗盡了夏諾蘿蒂的全副心力。過於強烈的衝擊讓她的雙膝為之痙攣，她甚至沒辦法好好站立，只能無力地頹坐在地。

「……我們……打了敗仗嗎……？」

她逐漸放空全身的力氣。

她對於涅比利斯皇廳三王族之一「月亮」絕不動搖的忠誠和信任，如今已臨傾圮崩毀。

他們輸了。

雖然過程如何尚且不得而知，月亮想必敗給了帝國軍吧。

輸給了他們最為憎恨的死敵。

「…………………」

眼前的景色逐漸變得模糊不清。

然後──

「……哈、哈哈……」

乾澀的自嘲笑聲從唇瓣迸出。

「……真傻……我這一切的努力到底是為了什麼呀……強忍著想吐的心情假扮成帝國人，甚至還以帝國兵的身分當起臥底……我這不是已經做到盡善盡美了嗎？」

自己已經做到鞠躬盡瘁的程度。

——身為皇廳人，卻在可恨的帝國度日。

——而且還要嘲弄自己國家的星靈使，假裝成咒罵她們為「魔女」的帝國人。

她熬過了這些苦日子。

在謬多爾峽谷爆發的星脈噴泉爭奪戰也不例外。

她以帝國軍隊長的身分混進先遣隊，持續將帝國的動向回報給月亮。她之所以願意承受那麼危險的任務，都是因為她一心效忠月亮的關係。

而這些辛勞如今化為泡影。

「……當帝國軍真好啊。」

她將脫口而出的「咯咯」冷笑壓抑下來。

在夏諾蘿蒂的視線前方，帝國部隊已經將月亮的精銳部隊收容完畢，運輸機接連起飛。

「看來帝國軍不管怎麼說，都比月亮王室更為優秀呢……」

她無法容忍這一切。

不僅是帝國軍，她也無法原諒被可恨帝國軍打得落花流水的月亮高層。

這正是自己犯下的過錯。

她以為只要為月亮犧牲自我、鞠躬盡瘁，總有一天能實現向帝國復仇的大願，然而攤在眼前的卻是這幅全軍覆沒的景象。

——無論是王室還是純血種都一樣。

——沒有人值得相信。

那些人根本靠不住。

畢竟所謂的王室，只不過是出生時寄宿了強大星靈的人類。他們在戰鬥方面的表現，說是外行人也不為過，根本沒必要對他們言計聽從。

「……不如讓我一個人去做吧。」

夏諾蘿蒂用雙手扶著膝蓋，從草叢中搖搖晃晃地起身。

帝國軍已經離開了。

雖然還有少數人留在現場勘查，對於夏諾蘿蒂來說，要躲過這些人的耳目穿過國境關卡，應當只是雕蟲小技。

那麼就出發吧。

單槍匹馬前往帝國。

「好啦，該～拖誰一起上路好呢……」

即使失去了對於涅比利斯王室的忠誠心——

對於帝國的復仇之火，是否能夠抹消呢？

Prologue.2 「願獻上我的所有荊棘」

空虛而不真實——

眼前的光景便該如此形容。

在月光的照映下，黑髮少女朦朧地現出身影——

她可愛動人且脆弱的模樣是如此夢幻。光是此情此景，就足以成為一幅畫作的靈感。

然而——

少女四肢貼地，做出了跪姿。

「我投降。」

對於這副身姿——

伊思卡有些錯愕地俯視她的模樣。

手裡還握著星劍。

畢竟直到剛才，自己（伊思卡）都還在和這名少女交戰。

「我想確認你的實力是否貨真價實，還請原諒我的無禮。」

雙膝跪地的少女繼續說。

一般來說，對於少女而言，這應當是會讓她含恨而死的莫大屈辱。

自己是一名帝國兵。

而她則貴為涅比例斯皇廳的公主。

琪辛・佐亞・涅比利斯九世——

皇廳公主向一介帝國兵低頭——正因為想像得出來，這將伴隨多麼巨大的煎熬，伊思卡因此明白這不是逢場作戲。

「我願獻上我的所有荊棘，還請和我一起打敗那個魔女（伊莉蒂雅）。」

棘之純血種琪辛。

她操控的數千根深紫色荊棘，如今全數散落在地。這一根根棘刺，都是能消滅任何物質的凶惡星靈術。

畢竟——

這座帝國軍演習場確實因為琪辛的棘刺，牆上被鑿出許許多多的大洞。

「…………」

「…………」

雙方沉默。

黑髮少女垂低臉龐，文風不動。

而面對這樣的狀況，伊思卡一時之間也不知該如何接話。

魔女琪辛等待帝國兵伊思卡的回應——

帝國兵則遍尋不著適合回覆魔女的詞句——

「嗨，小伊思卡！」

蘊含無盡活力的嗓音，響徹了寧靜的演習場。

腳步聲隨之傳來。

一名看起來野性十足的女兵，從能夠看到月亮的牆上大洞跳了進來。

「……冥小姐？」

「人家聽說魔女小姐在這裡鬧事！哎呀，我等這一刻好久了！」

使徒聖第三席——「驟降風暴」的冥。

她有一頭沒好好整理的長髮，以及曬得黝黑的肌膚。戰鬥服底下露出的手臂結實得宛如鋼鐵，給人大型貓科肉食動物般的印象。

此時的冥，她的雙眼閃閃發光。

「白天偵訊的時候，妳還裝成一副乖乖牌的樣子，這下總算展露本性了吧。很好，小姐。人家這回一定要讓妳命喪於……奇怪？」

冥愣愣地眨了眨眼。

她似乎晚了好幾拍，才發現琪辛擺出毫無反抗能力的跪姿。

「嗯？人家收到的線報，是黑髮魔女在逃獄之後大鬧一番的消息呀？難道是小伊思卡撂倒了她，才讓她心甘情願地下跪了？」

「不，這個嘛……」

他自己也是在忙亂之中抵達現場。

棘之純血種琪辛正在大鬧——假使如此，帝國軍基地肯定會遭到莫大的損害。他懷著這樣的念頭趕赴現場——

「她之所以會在這裡鬧事，似乎只是為了試探我的實力……」

「嗄？」

「有冥小姐助陣，固然讓我相當放心……不過……如您所見，她已經全面投降，似乎完全沒有戰鬥的意思。」

「人家都火速趕來了耶！」

冥發出「唉～」的聲音，重重地嘆了口氣。

實不相瞞，冥和琪辛之間有一段不解之緣。

那是一段經由廝殺締結的緣分。

「我名爲琪辛‧佐亞‧涅比利斯九世。」

「就讓人家幫妳上一課，讓妳明白『驟降風暴』這個渾號是怎麼來的吧。」

在帝國軍發起襲擊涅比利斯王宮的作戰時——

與襲擊月之塔的冥展開死鬥的，便是眼前的琪辛。為此，冥才會懷著能夠再戰一場的念頭，急忙趕赴現場吧。

「……唉～無聊死了。」

冥大大仰起脖子。

魔女完全沒有反抗的意思。

對一個不能還手的人舉槍相向，似乎讓她興致全失的樣子。

「好啦、好啦，動作快、動作快。小伊思卡，人家會幫你把風，所以快點把她抓起來吧。」

坐在瓦礫上頭的冥催促。

然而……

在自己動手上銬之前，他有問題必須詢問少女。

「琪辛，**妳為什麼挑上我？**」

「唔！」

垂下臉龐的黑髮少女驀地抽搐一下。

「月亮部隊原本的計畫，是趁著始祖清醒之際攻入帝國，卻因為碰上伊莉蒂雅而全軍覆沒……即使妳想向伊莉蒂雅報仇，可是為何偏偏挑上我？」

「──────」

「月亮的王室在皇廳應該還留有成員才對，妳為何會挑上身為帝國兵的我？」

他向垂首的少女提出詢問。

在沒得到能夠信服的理由之前，他不能輕易地給出答覆。

「我──」

月亮公主出聲說：

「見識到了伊莉蒂雅的星靈術。」

「……妳說什麼？」

「那名魔女的星靈術理應無人知悉。只有我在叔父大人的庇護下，逃到了星靈術的影響範圍之外。」

「——哦，這讓人有點興趣耶。」

一直閉口不語的冥稍稍挪動身子。

她依舊拄著臉頰，此時抬起臉龐，露出殺氣騰騰的眼神。

「就是那玩意兒——把人家在這座基地的部下們弄得不省人事的招式，對吧？聽說那是無人目擊過的星靈術，難道小姐妳親眼看到了嗎？」

「是聲音。」

「嗯？」

「伊莉蒂雅．露．涅比利斯寄宿的星靈為『聲音』。然而根據那個女人的自述，她已經讓自己的星靈進化為『歌聲』了。」

「世界最後的魔女的咒文。」

「就讓你們聆聽星之鎮魂曲吧。」

「歌聲？是因為聽了歌聲，所以才會變成**那副模樣**嗎！」

「是的。」

琪辛回答得相當迅速。

「聽聞歌聲之人接連倒下……就連叔父大人也不例外。我沒能想出阻止這種星靈術的方法，不僅動用荊棘也無法阻擋，星靈的自動防衛功能也全無啟動的跡象。**那道咒文能穿透一切。**」

「……穿透？」

一股寒意竄過背脊。

意思就是說，無論使用鋼鐵打造的防火門阻隔，還是躲在巨大的要塞之中，只要在那種星靈術的射程範圍內，就絕對無法防禦？

……這件事若是屬實，豈不是「一讓她出招就完蛋」了嗎？

……沒有任何防禦的辦法。

不僅是帝國軍的防衛系統——

就連皇廳的各種星靈術都被悉數穿透，而且範圍還極為廣闊。

「不過——」

月亮公主抬起臉龐。

她的四肢依舊貼地，以求助的眼神仰望伊思卡。

「我認為你和那把劍，**有辦法斬斷伊莉蒂雅的歌聲。**」

「……我知道了。」

這句話使得伊思卡明白了。

為何選上的是自己？月亮公主明知全面投降是多麼煎熬的選擇，還是下定決心向帝國屈服的理由——

那便是因為真正的魔女（伊莉蒂雅）只害怕這把星劍。

「啊啊，好痛。」

「我現在的天敵，就是高純度的星靈能量。而星劍就是其中的翹楚——」

「琪辛·佐亞·涅比利斯九世向帝國投降。我——」

少女再次垂下臉龐。

她小巧的額頭貼著冰冷的地板，發出顫抖的嗓音說：

「無法原諒那名魔女。」

Chapter.1 「簡直就像剛開始交往的情侶」

1

帝國接受了涅比利斯皇廳的公主——琪辛的投降。

鑑於她本人的口供，以及她昨晚在逃脫後並無直接戰鬥的意圖，帝國軍基地作出此番決定。

不過，這位公主乃是「棘之魔女」。

天帝陛下親自下令，要求使徒聖第三席成為她的統籌隨行人士（監視者）。

——

「——就是這樣。簡單說來，就是受到監控的貴賓吧。」

腳步聲在走廊上迴蕩。

璃灑以輕快的步伐走在天守府的無人走廊上，語氣聽起來有些雀躍。

「畢竟咱們已經有愛麗絲莉潔公主和希絲蓓爾公主這兩位受到監視的貴賓了，對於帝國軍來說，只是從兩個人變成三個人罷了。天守府的空房間要多少有多少，所以只要將她收容在那裡就可以了。」

「……我感到有點意外。」

「小伊，感到意外是什麼意思？」

璃灑興致盎然地回頭看來。

而伊思卡則在邁步的同時向她露出苦笑。

「我以為璃灑小姐至少會抱怨幾句——像是『希望別再增加咱的工作量了』之類的。」

「怎麼可能呀～畢竟那又不是咱的分內事。」

璃灑愜意地揮了揮手。

「琪辛公主由冥小姐監視，而愛麗絲莉潔公主和希絲蓓爾公主則由小伊你們的第九〇七部隊監視，咱可是樂得輕鬆呢。」

「……話是這樣說沒錯啦。」

「但咱也不是別無企圖啦。畢竟她可是目擊了伊莉蒂雅星靈術的寶貴證人呢。」

伊莉蒂雅的星靈術是「歌聲」。

那道歌聲能穿透各式各樣的阻礙，只要一傳進耳裡，便會陷入昏睡。就現況而言，他們還找不到讓這些人從睡夢中甦醒的辦法。

「至於她具體的待遇為何，不就是得聽天帝陛下如何開金口嗎？」

在穿過由玻璃打造的走廊後——

兩人來到四重塔最上層的「非想非非想天」。而第九〇七部隊的三名成員，已經站在作為天帝謁見廳的大廳門口。

「啊，是璃灑和阿伊！你們太慢了啦！」

藍髮女隊長米司蜜絲像是感到頭痛似的交抱雙臂。

陣和音音則站在她的身後。

「真是的！璃灑，說和天帝陛下約好時間就絕對不能遲到的，明明就是妳耶！」

「咱只說過約在『正午時分』而已吧？」

「現在都十二點半了！」

「因為咱找了小伊問話呀。聽聞棘之魔女琪辛因為看上小伊而特地逃獄，任誰都會覺得不可思議吧……唉，只不過最後是咱想多了。」

璃灑聳了聳肩。

「她現在由冥小姐負責看管，而且反應也和昨晚大不相同，變得會乖乖回答我方的提問了，看來『向帝國投降』並不是在信口開河。她要是能一直保持這種乖寶寶的模樣，那麼咱們就輕鬆多了。」

「——喂，帝國人。」

此時傳來帶刺的嗓音。

在米司蜜絲隊長後方待命的燐，朝璃灑瞪了過來。

「妳這句話是在挑釁我等嗎？我雖然無法揣度琪辛大人的想法，愛麗絲大人和希絲蓓爾大人可是全無向帝國投降的打算，請別將那兩位相提並論。」

「哎呀，真不好意思，惹妳不快了嗎？」

璃灑露出苦笑。

循著她的視線看去，能看到三名星靈使就站在不遠處。

她們分別是持續露出威嚇眼神的隨從燐、燐效忠的金髮公主愛麗絲莉潔，以及愛麗絲莉潔的妹妹希絲蓓爾。

「愛麗絲莉潔公主和希絲蓓爾公主皆是重要的貴賓，咱可是時時惦記在心喔。」

「……沒事，妳不需要擺出這般畢恭畢敬的態度。」

愛麗絲輕輕嘆了口氣。

她看似疲憊地交抱雙臂，托住豐滿的胸部。

「本小姐只是想向天帝問幾件事。為了阻止姊姊大人，我想知道伊莉蒂雅姊姊大人為何會變成那副模樣。」

「我亦有同感。」

希絲蓓爾答腔說：

「我聽說琪辛公主投降的來龍去脈了，但那是月亮結下的仇恨，和我們的狀況大不相同。」

月亮是「為了報仇」。

星星則是「看不慣親姊姊橫行霸道的作為」。

縱使同樣誓言要擊敗伊莉蒂雅，雙方的動機也是天差地別。

「所以，我們現在可以進去了嗎？」

希絲蓓爾指著門扉說：

「這扇門一直都是關閉的呢。」

「哎呀，真的耶？這裡的門應該都是對外敞開的才對呀……該不會……」

就在璃灑拉開紙拉門的瞬間，一股強烈的藺草味撲鼻而來。

整間大廳的地板鋪上了數十片的榻榻米。而在大廳的中央處，有一名帶有豐沛毛髮的獸人正如同貓兒一般，蜷起身子睡著了。

那個人便是天帝詠梅倫根。

沐浴了世界首例星脈噴泉力量的活證人。雖然現在變成不似人類的外貌，不過他確實就是天帝本人。

「……哎呀！」

璃灑俯視呼呼大睡的獸人，用力嘆了口氣。

「陛下陷入熟睡了呢。畢竟他在和伊莉蒂雅交手時，動用了星之防衛機構，大概因此而筋疲力盡了吧。這下恐怕得睡上好幾天了。」

「什麼！」

「我可沒聽說有這回事呀！」

燐和希絲蓓爾同時瞠大雙眼。

「等、等一下！他真的睡著了嗎？」

愛麗絲連忙跳上榻榻米，三兩下便來到天帝身旁。

她低頭打量縮成一團入睡的獸人。

「……可以叫醒他嗎？」

「可以是可以啦，但那是白費工夫喔。陛下一旦陷入這種狀態，那就是有飛彈在他眼前一公尺處炸開，他也不會從睡夢中醒來。」

「可是，這和原本說好得不一樣呀！」

愛麗絲會這麼抱怨也是理所當然。

帝國是敵方領土。換作一般情況，她應該巴不得立即返回皇廳本土。

——我會道出妳姊姊脫胎換骨的祕密。

她便是相信天帝的這番承諾，才會在這裡與眾人會合。

「愛麗絲大人，您是否要返回皇廳呢？」

燐斟酌著用詞詢問。

「小的會留在帝國，向天帝問出與伊莉蒂雅大人相關的情報。女王大人應該也相當掛念兩位，因此愛麗絲大人和希絲蓓爾大人還是先一步——」

「本小姐不接受這種提議。」

愛麗絲搖了搖頭。

她看向站在天帝另一側的璃灑。

「妳說他會睡上好幾天對吧？妳的推測當真可信？」

「要是沒有在幾天之內甦醒，咱們也會很頭痛啊。假如陛下一覺便睡上好幾個月，那可就難辦了。」

「…………」

兩人四目相交。

在兩人無言地互瞪、維持能以冷戰形容的氛圍好一陣子後，愛麗絲率先別開視線。

「我們留在這裡吧。」

她轉身看向燐和希絲蓓爾且點頭說：

「這是很重要的情報。儘管不曉得是短短幾天，還是得等上一整個星期，確實有等到天帝清醒的價值。」

「愛麗絲莉潔公主，您大可放心。」

璃灑展露出笑盈盈的應酬式笑容。

「雖然在天帝陛下醒轉之前，各位或許會略感無聊，咱不會讓各位有不自在的感覺。」

2

天守府第二大樓的四樓——

這是一處看不見任何工作人員的無人樓層。在只有打掃機器人忙進忙出的走廊上頭——

「好，那就來做最後的確認吧！」

米司蜜絲隊長拍手說：

「咱們從今天開始就不是隸屬於機構第三師，而是機構第一師了！而咱們的第一件工作，便是負責照顧愛麗絲小姐、希絲蓓爾小姐和燐小姐。」

「雖說是照顧，其實就是監視人員啊。」

陣間不容髮地接話說：

「兩名皇廳的公主，以及一名隨從——居然要我們四個負責看守。按照正常狀況來說，哪可能會有這種人員極端不足的編制啊？總而言之，我們現在的人手不夠。」

主因是魔女伊莉蒂雅的襲擊。

伊莉蒂雅不僅在這座帝都裡殲滅八大使徒，還趁勢襲擊帝國軍基地，造成了嚴重的損害。

——能動員的兵力不夠。

當務之急是治療傷患和重建指揮系統。

正因為基地的同伴們全都忙得不可開交，監視三人的重責大任就這麼落在了第九〇七部隊（己方）的頭上。

「所以說，最重要的**分工**呢？」

「陣哥，璃灑小姐剛剛已經幫我們規劃好了喔！」

音音取出通訊機。

她確認顯示在螢幕上的訊息。

「音音我就照著唸嘍。『愛麗絲莉潔公主、希絲蓓爾公主，以及隨從燐——其中擁有戰鬥能力的愛麗絲莉潔公主，咱希望由小伊負責陪伴，陣陣則透過監視攝影機加以支援。』——她是這麼說的。」

「我是沒意見啦，伊思卡呢？」

「我也覺得這樣的分配很好。」

這的確很像璃灑的安排。

……以戰鬥力的有無來區隔那三人。

……她也設想過一旦有了狀況，就將「無力者（希絲蓓爾）」挾為人質的手段。

從希絲蓓爾身邊帶走愛麗絲和燐。

假如真的有了萬一——擁有戰鬥能力的兩人打算在帝都鬧事，被分隔開來的希絲蓓爾就能成為絕佳的牽制。

「那麼，希絲蓓爾小姐就由人家和音音小妹……」

米司蜜絲隊長輕輕點頭。

「……嗯，是很好的安排呢。」

「隊長？」

「啊，阿伊。沒什麼喔，人家只是在自言自語。」

米司蜜絲隊長露出甜美的笑容。

「畢竟希絲蓓爾小姐她……有前科呢……得好好看管才行……」

「要是音音我們不好好看守……她馬上就會潛入伊思卡哥和陣哥的房間呢……呵呵……」

隊長和音音嘀嘀咕咕地交頭接耳。

由於音量壓得很低，聽在伊思卡耳裡僅僅像是在自言自語。

「伊思卡。」

這時，陣難得地打斷了米司蜜絲和音音的對話。

「我要確認一件事——不，應該說我要你好好記住。」

「陣，你怎麼了？」

「…………」

銀髮狙擊手欲言又止。

他先是停頓了一個瞬間，然後才將積在嘴裡的話語說出來——

「希絲蓓爾的姊姊愛麗絲莉潔——我勸你把她當成冰禍魔女會比較好。」

「唔！」

「咦！」

「咦咦咦咦咦咦！」

伊思卡、音音，以及米司蜜絲隊長。

三人各自發出不同的喊叫聲。

伊思卡稍稍感到衝擊，音音則因為出乎意料而感到有些困惑。

至於米司蜜絲隊長的震撼，來自於「你為什麼會知道呀！」

「阿、阿阿、阿陣，你怎麼會這麼想？」

「我們之前才和名為虛構星靈的怪物交手。隊長（老大），妳當時不也看到愛麗絲莉潔使用冰之星靈術了嗎？」

「……是、是這樣沒錯。」

「既然希絲蓓爾是公主，姊姊愛麗絲莉潔就也是公主，那她百分之百是純血種吧？」

王室的人數相當有限。

當然，其中也存在帝國軍尚未掌握情報的王室成員，但他們已經掌握到名為冰禍魔女的純血種，而眼前則有身為純血種的冰之星靈使愛麗絲莉潔。

她們該不會是同一人吧？

陣會得出這樣的結論並不奇怪。

「愛、愛麗絲小姐是冰禍……？」

音音用力吞了一口口水。

她身旁的米司蜜絲隊長雖然朝著伊思卡投來意有所指的目光，這樣的眼神可不能被陣和音音發現。

……既然都走到這一步了，是不是該將愛麗絲的真實身分告訴陣和音音？

……我不曉得。要是傳開的話，就危險了。

說到冰禍魔女，那便是帝國軍的頭號大敵之一。

儘管「現在暫時不是敵人」，也不是帝國軍的所有人都能理智地接納這樣的狀況。

……還是不要節外生枝吧。

……愛麗絲待在帝國的期間，還是幫她隱瞞真實身分比較好。

所以──

「陣，我會記住的。」

伊思卡盡可能自然地對陣點了點頭。

「我不知道她是否就是冰禍魔女，但要是主動詢問，難保不會挑起她無謂的戒心，所以我不打算確認此事。不過，我會以這樣的假設作為前提，提高警覺地監視她。」

「就是這麼回事。」

陣倚靠牆壁說：

「我接下來會前往一樓的情報室。我雖然會用監視攝影機追著你拍，但隨時都要做好拔出星劍的準備。」

「我知道了。不過……我覺得不太需要擔心她們會鬧事就是了。」

解散。

陣前往一樓的監視攝影機情報室。

伊思卡前往愛麗絲和燐位於四樓的房間。

音音和米司蜜絲則前往希絲蓓爾位在三樓的房間。

眾人各自朝著目的地邁步。

═══

天守府四樓——

聽說愛麗絲和燐利用沒在使用的辦公室作為共同房間，還重新裝潢過一番。

知曉此事的伊思卡打開房門——

首先映入眼簾的，是吊在天花板上的豪華吊燈，以及裝飾著牆面的花朵圖案壁紙。

每一樣都是亮麗如新且購入相當不易的高檔貨。

「奇怪？」

他揉了揉自己的眼睛。

聽說這裡是持續使用數十年之久的辦公室，但眼前的裝潢怎麼看都像是高級飯店的豪華套房客廳。

「……原來這裡的辦公室這麼高級啊？」

「別說傻話了。」

燐的手從旁伸到眼前，手裡抓著好幾本厚厚的家具型錄。

「是我下單安排的裝潢。除了更換壁紙和天花板的照明，我也要求重新鋪設房間的地毯。」

「哦，妳的手腳還真快耶。」

「我也請人十萬火急地在房間底側設置了臨時淋浴間和浴室。」

「也太有效率了吧！」

「要裝修的部分還多得是。你看看這張老舊落伍的辦公桌！」

燐用力拍了一下看似陳舊的桌子。

看來桌子似乎尚未更新的樣子。

「我原本想使用皇廳的家具，但這次特別做了妥協，選購了帝國首屈一指的高級家具品牌的桌子。」

「……這還叫妥協啊？」

「這都是為了打造愛麗絲大人理想中的房間。」

燐將家具型錄放到桌上，迅速翻閱起來。

「之後還得購入三角鋼琴和壁掛式的大鐘，以及——」

「我說燐呀。」

此時傳來略帶疲憊的嗓音。

伊思卡回頭一看，只見愛麗絲的身子沒在高級沙發之中。

「本小姐已經很滿意了。看看這張沙發，這座墊實在軟過頭了，每次要起身都很折騰人……家具並不是越高級就越舒適喔。」

「不，愛麗絲大人。這還遠遠不夠。」

燐手邊的動作沒有停歇。

她接連在型錄上用紅筆畫圈，並記載在訂購單上頭。

伊思卡先眺望隨從忙碌的身影——

「恕我打擾一下。」

隨即朝客廳底側走去。

他搭起帶來的梯子，在天花板角落設置小型攝影機。

下一個設置點是對面牆壁的時鐘下方，然後是地板的角落。為了不顯得太過突兀，他特地選用和壁紙顏色相同的攝影機。

「哎呀？」

愛麗絲觀察他設置的過程，看起來饒有興致。

「伊思卡，那是什麼啊？」

「是監視攝影機。這是不需要電源線的分離型，光是這樣隨便架設，就能連續運作四十八小時，很方便吧？」

「……這樣啊。家具業者等一下就到了，你動作快點喔。」

愛麗絲再次將身子沒入沙發之中。

她露出像是看開的眼神。

「本小姐還是頭一次被人如此堂而皇之地架設監視攝影機呢。」

「我也是第一次這麼做啊。」

愛麗絲和燐是受到監視的立場。

兩人也知道自己是她們的監視人員。

——本小姐不會做出惹人質疑的事。

之所以對架設監視攝影機一事表現出全無反抗的態度，也是在表明自己坦蕩的作為吧。

攝影機一共有八臺。

他在客廳的不同角落設置了四臺，又在走廊上設置了兩臺。

剩下的兩臺該設置在哪裡呢？

「呃，再來就是客廳和走廊之外的地方……啊，這裡是？」

伊思卡在走廊盡頭看到一片霧面玻璃門。

「等等，帝國劍士！」

燐急急忙忙地跑了過來。

「那可是浴室呀！你難不成想在那裡也架設攝影機嗎！」

「咦？啊，這樣啊，抱歉！原來這裡就是臨時浴室啊……」

他慌張地向後退。

由於太過認真地思索攝影機的設置處，伊思卡差一點兒就要在浴室裡架設攝影機了。

「帝國劍士……你打算欣賞愛麗絲大人的裸體大飽眼福對吧！」

「妳誤會了！我只是在執行任務，所以想盡可能擴大監視範圍啦。」

「居然想擴大監視愛麗絲大人的裸體！」

「我從來沒強調過『裸體』這兩個字吧！」

這時——

後方傳來了腳步聲。

「燐、伊思卡，怎麼了？」

「愛麗絲大人，您聽我說！」

燐回頭看去。

她像是要和趕來的愛麗絲說個明白，伸出手指指向自己。

「這個帝國劍士！」

「別說了————！」

「他居然想將監視攝影機裝在浴室裡！」

「妳說什麼！」

愛麗絲睜大雙眼。

「伊思卡，難道你……」

「妳誤會了！聽我說，愛麗絲。我收到的監視攝影機一共有八臺，所以我在思考除了客廳之外，還能裝設在什麼地方……」

「————」

愛麗絲沒有說話。

在這種情境下，比大發雷霆更為恐怖的反應，就是「不講話」了。在經過一段不自然的沉默之後，她究竟會扔來什麼樣的話語……

伊思卡不禁屏氣凝神。而在他面前——

「……本小姐都明白了。」

愛麗絲一臉認真地點了點頭。

她以嚴肅至極的語氣說：

「換句話說，你對本小姐的裸體有興趣到打算安裝監視攝影機的地步對吧？」

「這是哪門子的解釋啊！」

「……不過說得也是……仔細想想……本小姐之前就被你看光了……」

愛麗絲抬起臉龐，擺出看向天花板的姿勢。

雖然表情極為嚴肅，她的雙頰卻莫名紅潤了起來。

「不、不對！雖然已經被看過一次，本小姐的裸體可沒有廉價到能讓你看兩次！至少要把攝影機挪開啦！如果是這樣，讓你看一下也……」

「愛麗絲大人，您在說什麼呀！」

燐摀住愛麗絲的嘴巴。

「不管有沒有攝影機，都不能給人看呀！愛麗絲大人，請您冷靜。您別被這名劍士的花言巧語給騙了！」

「嗄？原來你在唬弄本小姐啊！」

「我剛剛哪裡有唬弄的意圖了！」

在一陣對談之後——

監視攝影機決定設置在客廳、走廊和寢室裡。

浴室和廁所則一律不設置。

隔天早上九點——

當伊思卡上門造訪時，愛麗絲的房間又變得更加富麗堂皇了。

「帝國劍士，你太慢了。」

燐倒著紅茶說：

「天帝醒來了嗎？」

「完全沒有醒來的跡象。我請璃灑小姐確認過了，她說這樣的狀態還會再持續數日。所以……嗯，還只能請妳們再忍耐幾天了。」

「……本小姐早有覺悟。」

愛麗絲從沙發上站起身子。

到昨天為止，她總是穿著看似貴氣的連身裙，不過今早開始愛麗絲便穿著T恤和長褲。她想必挑選了和帝國庶民相近的流行款式吧。

「真沒辦法，只好由你來照顧本小姐了。」

「就是這樣了，帝國劍士。我雖然千百個不願意，還是把照顧愛麗絲大人這份濤天大恩分你一半吧。」

「唔哇，聽起來有夠麻煩的！」

話雖如此，這終究還是自己的任務。

愛麗絲和燐固然是他的監視對象，與此同時還具備賓客的身分。

「……好吧。但我能做到的事情，頂多就是幫妳們採買日用品或者協助訂餐。假如有什麼需要，就儘管對我開口吧。」

「本小姐已經有問題想問你了。」

愛麗絲指著牆邊的大型螢幕。

天守府是一棟「無窗大樓」。儘管沒辦法透過窗戶眺望街景，房間裡的螢幕仍舊能映照出戶外的景象。

行人們在大馬路上熙來攘往。

在上午九點的這個時段，行人以身穿西裝的上班族居多。愛麗絲指著他們——

「為什麼這些人能這麼悠哉地走在路上？」

「……什麼意思？」

「因為帝國的空氣汙染很嚴重呀！」

愛麗絲指向大樓的上空。

「本小姐聽說，帝國雖然擁有世界第一的高度機械化文明……作為代價，這裡的空氣都受到車輛排氣和工廠的廢氣汙染。不僅花草不生，人類光是在戶外呼吸，就會被嗆得咳嗽連連──這在皇廳是非常有名的說法喔。」

「什麼叫有名的說法，根本是胡亂抹黑吧！」

「……難道不是嗎？」

「就和妳看到的影像一樣。喏，就連天空都是蔚藍清澈的喔。」

「這實在是難以置信！據說帝都的居民都戴著防毒面具外出……難道大臣告訴本小姐的這些話都是謊言不成！」

「妳應該先把那名大臣開除才對吧？」

這已經超出出乎意料的範疇，伊思卡對此感到衝擊。

雖說兩國是敵對狀態，他沒料到皇廳竟然普遍相信這種任何人都知道的謊言。

「愛麗絲大人。」

這時──

燐就像抓準時機似的，雙眼綻放光芒。

「請勿輕忽大意。畢竟這只是影片，那些走在路上的人類恐怕都是做工精緻的機器人，而澄澈的藍天或許也是後製動畫……」

「說得也是呢！」

「才不是！帝國的水質和空氣都沒什麼問題啦！」

「──────」

愛麗絲沉思一會兒。

「……的確。」

愛麗絲拿起喝到一半的瓶裝礦泉水。

「本小姐原本不僅擔心空氣汙染，還很害怕習慣不了這裡的水質。畢竟到其他國家出差的時候，就曾經因為水土不服而吃壞肚子，不過目前看來沒什麼問題。」

「……我也還在能承受的範圍。」

燐不情不願地點了點頭。

「硬要說的話，就是入口的時候會略帶苦味，但這應該是帝國和皇廳的土壤礦物成分不同所致吧。若是對這方面睜一隻眼閉一隻眼，那麼不管是水還是空氣，都還能忍受。」

「我就說吧？」

伊思卡這麼說，同時暗自放下心中的大石。

對兩人來說，帝國是敵方的領土。雖說人身安全受到了保障，若是出現水土不服的症狀，只怕會多受些不必要的折磨。

「兩位的午餐想吃什麼？雖然時間還有點早，現在開始訂餐的話，餐點就會在正午時分準時送達。」

「唔嗯……」

這時，燐的雙眼迸出精光。

「愛麗絲大人，這說不定是研究的好機會。」

「這是什麼意思？」

「我等可以藉機偵察敵情。比起在這裡食用貼近皇廳風味的餐點，不如試著體驗帝國的平民飲食生活吧？」

「既然如此，本小姐有個好主意！」

愛麗絲從沙發上站起身子。

她拿起堆在桌面上的大量傳單。

「就是這間！這個『巨人漢堡』帝都總店！這是帝國的知名漢堡連鎖店，我在中立都市（艾茵）也看過他們的分店，所以一直很在意呢。而這間店最有名的，便是招牌的巨人漢堡。誠如其名，這漢堡塞滿如同小山高的各種辛香料搭配肉排——」

「愛麗絲大人。」

「——嗄？」

聽到燐冰冷的語氣，愛麗絲這才回過神來。

「……咳咳，本小姐有點失去冷靜了。」

「您真是知之甚詳呢。話又說回來，您之前也詳細調查過名為碧布蘭的帝國宮廷畫家呢。」

「那、那和現在的狀況又沒關係！」

愛麗絲慌張地揮著雙手，示意絕無關聯。

「……那麼，伊思卡。今天的午餐就決定是這個巨人漢堡了。本小姐的附餐是生菜沙拉，燐則要搭配薯條，這部分也麻煩你了。別忘記薯條的鹽巴要用他們最出名的特製岩鹽喔！」

「妳懂得還真多耶。」

「就、就說本小姐只是聽別人講的啦！別連你都用那種眼神看待本小姐啦！」

愛麗絲快嘴回應後，便氣呼呼地轉過身子。

正午——

巨人漢堡的帝都總店送來了剛做好的漢堡。

「餐點送來嘍。」

「來了呀！」

「……愛麗絲大人，小的提醒過您了，請別這樣興沖沖地撲上去。」

他們將餐盒的蓋子打開。

裊裊熱氣伴隨著香味竄出。

「這就是巨人漢堡呢！」

「對於在帝國出生的我來說，就只是一間常見的漢堡連鎖店呢。」

「我們要的就是這種新奇感啦。那就趕快開動吧！」

愛麗絲興奮得語調上揚的同時拿起漢堡。

大概是因為已經適應帝國的空氣和水質，這份安心感緩和了她對帝國食物的不安吧。愛麗絲颯爽地拿起漢堡咬了一口——

「唔！」

隨即停下手邊的動作。

她以雙手捧著漢堡，像是在確認每一層的蔬菜和肉排似的，仔細打量起來。

「愛麗絲，妳怎麼了？」

「……沒、沒事。你不必在意。」

愛麗絲再次咬起漢堡。

就在她默默將漢堡吃了一半的時候——

「咳咳！」

愛麗絲突然咳了起來。

她一手拿著漢堡，以另一手按住嘴角，接連發出咳嗽聲。

「愛麗絲大人！喂，帝國劍士。你難道下毒了！」

「妳、妳誤會了！這不可能啊！」

畢竟他自己也吃著一模一樣的食物。

伊思卡比愛麗絲早一步吃完漢堡，而且沒有任何異狀。這和他迄今吃過的巨人漢堡是相同的味道。

「……咳咳……不、不是的……」

愛麗絲一口氣喝光玻璃杯的水，按著胸口做起深呼吸。

「……是因為調味太重，本小姐才會被嗆到啦。」

「咦？會很重嗎？雖然我覺得辛香料加得有點多啦。」

「我就是在說這個！」

愛麗絲像是聽到關鍵字一般用力點頭。

「這個漢堡加太多胡椒和黃芥末醬了！這種刺激性的調味料加得太多，不僅失去了提味的功效，反而破壞了食材原本的美味！而且鹹味也太重了！」

「……我在流一身汗的時候，就會覺得這樣的鹹味還挺剛好的。」

這種重口味的調味，正適合滋潤疲憊不堪的肉體。

所以才會受到大眾喜愛，成為知名的漢堡連鎖店。

「但也調味得太過頭了！」

「是這樣嗎？」

「是這樣沒錯。這種漢堡的味道明顯過於刺激了。對吧，燐？」

「……咦？」

燐愣愣地眨了眨眼。

順帶一提，燐不僅吃掉和愛麗絲同款的漢堡，連附餐的薯條也吃了精光。她手裡剩下的，只有包裝紙而已。

「────」

她凝視包裝紙好一會兒後──

「愛麗絲大人所言甚是！喂，帝國劍士。你該不會以為這種難吃的漢堡符合我等的喜好吧？叫他們重做一份！」

「妳不是都吃完了嗎！」

「帝國劍士，晚餐的時候給我注意一點。」

燐在對愛麗絲的杯子倒水的同時說：

「如你所見，愛麗絲大人的舌頭如同嬰兒般纖細。你得準備能引出食材天然的鮮味，既沒有多餘工序也沒有偷工減料，能溫暖人心的美味菜餚。」

「要求也太嚴苛了吧！」

為了回應燐給的天大難題，伊思卡不禁抱頭苦思。

到了決定命運的晚餐時間——

伊思卡選上的是代表帝都的飯店高級便當。

為了回應愛麗絲的舌尖，伊思卡到處向米司蜜絲隊長和音音等人詢問：「有沒有推薦的美味餐廳？」並透過璃灑的人脈訂到這樣的餐食。

首先由燐進行試毒兼試吃。

「唔！」

在嘗一口肉排主餐的瞬間，燐的表情登時一歪。她以雙肘撐著桌面，一副搖搖欲墜的模樣。

「……帝國劍士，你下手可真狠毒！」

「什、什麼意思啊！」

「真好吃！」

「別做出這種會讓人誤會的反應啦！」

「……雖然覺得不甘，卻不得不給予認可。明明是帝國的料理，居然有如此纖細的調味手法。如此一來，愛麗絲大人肯定也不會留下不好的印象。愛麗絲大人——」

「真好吃呢！」

「動作好快！」

在燐結束試毒之前，按捺不住的愛麗絲便已經大快朵頤起來。

真不愧是帝都的知名大飯店。

高明的烹飪手腕足以應付來自全世界的旅客，來自皇廳的兩人也不禁心服口服。

不只是燐而已，就連愛麗絲也毫無挑剔地吃了個精光。

「……唔……想不到帝國的烹飪水準如此高明。」

燐擦拭著嘴角說。

「愛麗絲大人，您覺得如何？」

「完全挑不出毛病呢。」

這麼回應的愛麗絲，正在優雅地享受餐後的紅茶。

「伊思卡，你真有眼光呢。本小姐就知道你能回應我的期待。」

「聽妳這樣說，我就放心了。」

「是呀。既然如此，本小姐也能每天——……」

她的身子驀地一僵。

原本展露微笑的愛麗絲，突然將茶杯放回茶碟上頭。她像是在思索什麼似的交抱雙臂，甚至逕自嘟囔起來。

發生什麼事了？

在伊思卡和燐的守望下，愛麗絲突然睜大雙眼。

「等等，伊思卡。本小姐要更改剛才的感想！」

「咦？」

「這一餐完全不行！我根本吃不下去！」

「妳不是都吃光了嗎！」

她沒頭沒腦地說些什麼呀？

這份特製便當可是出自帝國知名的飯店之手，連燐都讚不絕口。而身為當事人之一的燐，也露出疑惑的模樣，打量著主子的神情。

「這一餐相當典雅，在調味方面也做得十分細膩優雅，這點本小姐並不否認。」

「……那不是很好嗎？」

「才不好呢！因為這份餐點的『理解』不夠呀！」

愛麗絲驀地站起身子。

「伊思卡，你可知道做菜時最為重要的關鍵為何？」

「……味道和營養。」

「答案是『真心』啦！」

愛麗絲以一隻手輕輕按住自己的胸口。

她看起來就像站上舞臺的歌劇歌手。在伊思卡和燐一臉愕然的注視下，愛麗絲以演員般的動作仰望天花板。

「這一餐確實相當美味，也的確用了纖細精妙的手法為高級的食材提味。可是，這樣的菜色無法打動人心！做菜時必須為吃下這餐的對象灌注真心……這下你明白了嗎？」

她偷偷地回頭瞥了幾眼。

在高聲宣揚的同時，愛麗絲不時朝著自己使眼色。

「以這一餐為例，吃下這份餐點的人是本小姐。換句話說，最理解本小姐的人，才是最該為本小姐做菜的人。而如今距離我最近的，莫過於──！」

「──燐，她在叫妳呢。」

「──呵，真沒辦法。那麼從明天起，就由小的來為愛麗絲大人烹煮每一餐吧。」

「才不是──！」

愛麗絲脹紅著臉吐槽：

「燐和本小姐一樣都是貴賓的身分。如此一來，喏……！」

「嗯？什麼意思？」

完全不懂她想說什麼。

無論是「做菜需要真心」還是「唯有理解對方之人才能下廚」的說法，都聽不出她真正的意圖為何。

「……大木頭。」

輕聲地——

愛麗絲似乎這麼呢喃了一句，但因為音量太低的關係，伊思卡也沒什麼把握。

「唉喲，真是的！既然如此，本小姐就直說了！伊思卡！」

「怎、怎麼了？」

「你以前說過，在放假的時候你會自己煮義大利麵來吃對吧？既然如此，明天晚餐就由你來煮，本小姐負責為你的成品打分數！」

「為什麼妳一副高高在上的樣子啊！」

如此這般。

在愛麗絲莫名的堅持下，伊思卡不知為何要招待兩人自己親手做的料理。

隔天——

伊思卡穿上圍裙，直盯著沸騰冒泡的義大利麵鍋。

他正在為愛麗絲下廚。

「……為什麼得由我來煮……」

「喂，帝國劍士。在動嘴之前先動手啊。」

「我在動了啦。」

伊思卡在看顧麵體熟度的同時，還使用架在另一側爐火上的平底鍋製作義大利麵醬。雖說是義大利麵醬，其實只是使用小番茄和胡椒鹽製作的樸素醬汁。

「唔嗯。」

意外的是，燐正以充滿好奇的眼神打量他做菜的過程。

她本人說：「得提防你下毒的可能。」而跟著進入廚房，但在伊思卡開始動手後，她似乎便對烹飪的過程產生了興趣。

「還真是樸素的調理手法，一點花招都沒有呢。」

「因為這是我平時煮的義大利麵啊。這些小番茄也都是在帝都超市買的廉價品。」

「……嗯。不過愛麗絲大人的好奇心未免太旺盛了。」

燐取出餐具。

她將餐具整齊擺放在廚房裡，無言地表示自己願意幫忙。

「愛麗絲大人從小便吃著宮廷廚師製作的菜餚長大，我不認為你的手藝有辦法和那些調理精緻的餐點相提並論。」

「老實說，我也這麼認為。」

「……唉呀唉呀，我就同情你這一回吧。」

燐扠著腰嘆了口氣。

「假如愛麗絲大人願意吃上一口你做的菜，你就該感激涕零。最糟糕的情況下，愛麗絲大人甚至有可能吃到一半就反胃，你最好做足心理準備。」

而在十分鐘後——

伊思卡將煮好的番茄醬汁義大利麵送上餐桌。

「真好吃呢！」

「真的假的！」

「這怎麼可能！愛麗絲大人，您的神智還清醒嗎！」

愛麗絲露出容光煥發的表情。

聽到她超乎預期地滿口稱讚，反倒是伊思卡和燐發出驚呼。

「愛麗絲大人！這、這是怎麼一回事！」

燐慌張地試吃起義大利麵。

「……確實還不差，但就只是平凡至極的義大利麵罷了。調味的手法也稱不上是餐廳等級，不起眼的程度頂多只能說是家常菜的水準。」

「才不是不起眼呢，這叫樸素的手法。」

愛麗絲點了點頭，一臉滿足地將義大利麵送進嘴裡。

「本小姐總是在王宮裡吃著高級的食材和過程繁瑣的功夫菜，並沒打算麻煩他煞費苦心地煮些高檔的菜色。正如同燐所言，這就是家常菜……啊，難道是指兩人家庭！」

「嗯？您的臉龐怎麼變紅了？」

「都、都是燐講了些怪話的關係啦！害本小姐想像起來了！」

「想像？」

她到底在說什麼啊？

就在伊思卡和燐面面相覷的期間，愛麗絲已經將義大利麵吃得盤底朝天了。

「就是這個！本小姐追求的就是這種菜色！」

「……這、這樣啊。」

她超乎預期地讚不絕口。

雖說如此，伊思卡也並不討厭自己做的菜被人稱讚。

「從今天開始，你就幫本小姐張羅每日的三餐吧！」

「這樣太過分了吧！」

他忍不住發出抗議。

雖然偶爾會自己煮飯，要他天天開伙，那還真變不出什麼花樣。

「如果真的要由我來煮，那也得知道愛麗絲平常吃的是哪種菜色，也得問問妳不喜歡吃的食物是什麼才行……」

「也是呢，那我就告訴你吧。本小姐——……啊，等、等等！」

「咦？」

「別和本小姐說話！我、我剛剛閃過了一個點子！」

愛麗絲打直手臂，做出「等等」的手勢。

她用手按著額頭，開始嘟嘟噥噥地自言自語起來。

「——愛麗絲，妳想清楚喔？為他（伊思卡）下廚感到滿意，只是單方面的行為罷了。在這種情況下，本小姐也該展現廚藝才對吧？吃過本小姐煮的菜餚後，他說出：『真不愧是愛麗絲，我果然比不過妳呢。』本小姐則回答：『呵，伊思卡。你的手藝也相當不錯喔。』……就是這樣！就是要這種氛圍才對嘛！」

「愛麗絲？」

「愛麗絲大人？」

「……本小姐決定了。」

結束自言自語的愛麗絲轉過身子。

她像是大徹大悟似的，露出毫不迷惘的神情。

「明天的晚餐就由本小姐下廚！我也要回請伊思卡一餐！」

「啥！」

「愛麗絲大人，請等一下！」

燐迅速無比地打岔道：

「您似乎下了極大的決心……」

「我只是突然有了做菜的幹勁。燐，快點幫本小姐打點圍裙！」

「請等一下！」

燐罕見地大喊。

伊思卡恐怕也是第一次看到她以如此強硬的態度向主子提出諫言。

「……請恕小的僭越。」

燐在主子面前跪下。

「小的明白愛麗絲大人的想法，但能否請您收回成命？」

「為什麼呢？」

「倘若是愛麗絲大人烹飪的料理，確實能讓一名人類就此消失在這世界上。可是，在這種情況下對帝國劍士下毒，絕對稱不上是明智的選擇。」

「本小姐又沒提到下毒的事！」

「……假如帝國劍士吃下愛麗絲大人的料理後身亡，那您就會成為頭號嫌疑犯！」

「為什麼會扯到和喪命有關的話題啊？」

不會吧。

看到兩人的互動，就連伊思卡都不禁為之戰慄。

「愛麗絲，妳真的想對我不利嗎！」

「才不是呢！」

愛麗絲慌張無比地搖了搖頭。

「本、本小姐……是真的很想讓你也吃點美食呀！」

「不對！」

燐以更為強硬的口吻壓過愛麗絲的話語。

「請恕小的失禮！和愛麗絲大人親手製作的餐點相比，在帝都鎮上的垃圾場受到一整個星期風吹雨打的吐司還更像是正經的食物！」

「妳這句話真的很失禮耶！」

燐展露出前所未見的危機感，阻止著自己的主子。

而伊思卡則感到毛骨悚然。

在雙方的拚命勸說下，愛麗絲這才不情不願地打消親自下廚的念頭。

═══

同一時間──

待在和姊姊愛麗絲與燐不同房間的希絲蓓爾，早一步吃完了晚餐。

……而她現在相當「無聊」。

如果這裡是王宮，她大可閱讀自己喜歡的書本打發時間，然而天守府並沒有為她準備這一類的物品。

這讓她相當提不起勁。

特別是每每陷入這種心境，希絲蓓爾總會抱著布偶入睡。

「──如此這般，我來了！晚安！」

天帝謁見廳。

由數十片榻榻米鋪設而成的莊嚴大廳，對現在的希絲蓓爾來說已經和自己家沒什麼兩樣了。

「璃灑小姐，我一旦沒有布偶，就睡不著覺。而且我喜歡暖呼呼、毛茸茸的軟綿綿布偶

——唉呀？璃灑小姐？」

天帝參謀出門了。

只有依然熟睡的天帝詠梅倫根一人待在這裡。

「真是的，這可傷腦筋了。現在的我處於說什麼都想要布偶的心情，哪裡有毛茸茸又暖呼呼的高級布偶呢…………唔！這、這是！」

希絲蓓爾不禁睜大雙眼。

在她的正前方——

有個**毛髮豐沛**的銀色獸人正呼呼大睡。

「……軟綿綿的布偶……」

咕嘟。

她不自覺地倒抽一口氣。

「……軟綿綿……唉呀呀，在我面前……居然有這種軟綿綿的……」

她已經挪不開視線。

毛茸茸。
Zzz...
想摸。

最讓希絲蓓爾無法別開目光的，是宛如狐狸般的毛茸茸尾巴。

——天帝詠梅倫根的尾巴。

這肯定是舉世唯一的極品。若能將那條尾巴當作抱枕，想必能感受到無與倫比的幸福吧。

「……呼……呼……啊……不、不行……一、一看到那條尾巴……我內心的野獸就……！」

內心的興奮已經難以壓抑。

她看著毫無反抗之力、睡得深沉的獸人，朝著尾巴伸出了手——

「找～到啦。」

肩膀被人用力掐住。

只見從背後伸來的手臂，不由分說地抓住了希絲蓓爾的雙肩。

「希絲蓓爾小姐～？」

「看到您三更半夜溜出房間，原本還不明白您有何打算呢。」

「——糟、糟糕！」

回頭的瞬間，希絲蓓爾的臉龐登時被嚇得鐵青。

是米司蜜絲隊長和音音。

兩人的雙眼閃閃發光，簡直就像在視野範圍內找到肉食野獸的獵人。

「好啦，咱們回房去吧。」

「畢竟現在是好孩子睡覺的時間嘛。」

兩人就這麼將她拖著離開。

儘管希絲蓓爾試圖反抗，雙手卻被米司蜜絲隊長和音音緊緊抓住，完全無法掙脫。

「啊啊啊啊啊啊！極品毛茸茸明明近在眼前……！」

天帝謁見廳迴盪希絲蓓爾失落的喊聲。

3

夜色逐漸填滿帝都。

天空掛上漆黑的簾幕，鬧區的燈光也接連熄滅。

不過——

在沒有窗戶的天守府裡，無從得知帝都夜晚的氣息。應該說，現在真的已經入夜了嗎？

說不定客廳時鐘的指針只是假象，其實室外還是黃昏時分？

屋內的氛圍甚至會讓人如此猜疑。

「——」

唰——水滴落地的聲響在浴室裡響起。

然後水蒸氣將視野染得一片純白。蓮蓬頭灑出的熱水雖然比平時入浴的溫度高上許多，愛麗絲仍舊用這樣的熱水淋著頭頂。

「……傷腦筋……」

自己溼淋淋的裸體，以及貼在肌膚上的頭髮。

起霧的鏡子映照出自己的身影。愛麗絲移開視線，將溼潤的額頭貼在浴室牆壁上。

「……本小姐明明不該做這些事。」

她在淋浴全身的同時。

回想昨天和今天的種種。

只有自己和燐獨處的一天，然後敵國的伊思卡不時來訪。愛麗絲讓他為自己點餐，還要他幫自己煮飯。

這樣的「反常」竟是如此刺激的體驗。

即使算上身在敵地的不適感，也無法抹去這樣的事實。不如說，正因為這裡並非涅比利斯皇廳，自己才能從公主這樣拘束的身分之中獲得解放——

正因為如此才難受。

「……姊姊大人……您究竟想得多遠，才會在當時對我說那些話呀……！」

越覺得這樣的反常讓人愉快。

越和他經歷這樣的反常。

姊姊的話語就變得越尖銳。

「這就是我們的不同——我的身旁有騎士。」

「愛麗絲，妳身旁可有能**與妳並肩作戰的騎士**存在？」

「…………」

這肯定是最初，同時也是最後的機會。

只有身在帝國的這段期間，他才能待在自己身旁。

就算坦承以告也無妨，唯有在這段期間，自己被允許這麼做。縱使坦白的內容是「希望你能成為本小姐的騎士」也一樣——

……因為對帝國來說，姊姊大人也是敵人。

……假如邀他成為我的騎士……應該不是不可饒恕的行為……

只不過——

這真的是他希冀的關係嗎？

在期望與他的關係變成能並肩作戰的瞬間，這一切肯定都會有所改變。

而到了那一瞬間——

我們之間的關係，肯定再也不能用勁敵來形容了。

「……伊思卡他……會怎麼想呢……」

同樣的妄想盤踞在腦海裡。

假如——

自己發出這樣的邀約，他是否會欣然同意？

然而這樣的心願是能被允許的嗎？

「……唉喲，真是的！想破頭也沒用！今天就先思考到這裡吧。要是鑽牛角尖，豈不是正中姊姊大人的下懷！」

她用力抬起臉龐。

她以浴巾纏起溼透的金髮衝出浴室。以浴巾擦去肌膚的水氣後，愛麗絲披上浴袍走進客廳。

「燐，讓妳久等了，換妳…………」

就在踏入客廳的瞬間，她和待在該處的人物對上視線。

那個人並不是燐，而是負責監視的伊思卡。

「…………」

「…………」

既視感。

仔細想想，以前好像也發生過類似的狀況。

「唔哇！愛、愛麗絲！」

「對、對不起！」

她連忙揪緊浴袍的胸口部分。

由於原本打算立即換上睡衣，愛麗絲儘管綁好腰帶，胸口一帶卻寬鬆得與裸露無異。

「……那個……愛麗絲……」

伊思卡手裡拿著小型攝影機。

他似乎正在檢查監視攝影機的運作狀況。

「……妳站在那裡會被攝影機拍到，妳那個……不看場合都想脫衣服的癖好，還是節制一點比較……」

「本小姐才沒有那種癖好呢！」

被他誤解了。

雖然確實發生了會讓他如此誤會的意外，不過愛麗絲本人完全沒有這方面的癖好。

不如說——

她的喉嚨其實差一點兒就要迸出「呀啊！」的尖叫聲了。

愛麗絲對自己正值花樣年華的年紀很有自覺，被人看到裸露的肌膚，自然會感到羞恥。如果看到自己裸體的是其他帝國兵，她甚至會覺得自己受辱了吧。

……可是……

……既然看到本小姐身體的是伊思卡……

不可思議的是，她願意爽快地原諒伊思卡。

不只是感到害羞的情緒而已，愛麗絲也不想讓他看到自己會哇哇大叫的脆弱面。

所以，她不由得逞強起來——

「要、要說的話，本小姐不過就是擁有一副被人看光也不害臊的身材罷了！沒錯，因為我比你年長一歲，這就是所謂成熟女子的肚量喔！」

「……在這種狀況下，應該還是要感到害臊才對吧。」

他撇開目光。

看到他一臉慌張、感到害臊的模樣，令愛麗絲莫名地感到開心。

──在戰場上的眼神明明就那麼銳利。

──現在卻給人天真無邪的感覺。

想再多捉弄他一點。

想再對他做些惡作劇──自己萌生出這樣的念頭。

「這是個好機會，就讓你明白本小姐有多成熟吧！」

她瞥了眼天花板確認。

愛麗絲挑了個不會被監視攝影機拍到的死角，在沙發上懶洋洋地坐了下來。

「……總、總覺得突然想蹺個腳呢。」

在他眼前──

愛麗絲大剌剌地蹺起腿。雪白的大腿雖然從浴袍的下襬顯露而出，然而這當然全在愛麗絲的計算之中。

沒錯，這就是成熟女子的肚量。

自己可是比他還要大一歲，所以擺出有些大膽的姿勢也無妨。

「本、本本本本小姐才沒沒沒有心慌意亂呢……！」

「妳完全就是在逞強啊！」

「我才沒在逞強呢！」

就在她嘴硬反駁的瞬間——

愛麗絲在渾然不覺的狀況下，跨過無法回頭的那條界線。遭到伊思卡一針見血地點出自己正在逞強的她，忍不住意氣用事起來——

「本小姐還沒拿出真本事呢，伊思卡！」

她從沙發上起身，用雙手抓住才剛整理好的浴袍領口。

「本、本小姐要是認真起來，就算是小露肌膚也不在話下——」

她鬆開浴袍領口，像是要大秀特秀似的朝兩側拉開——

「愛麗絲大人，關於明天的行程——」

燐從室外回來，此時走進客廳。

這位隨從的瞳孔登時縮成豆粒大小。

她看著主子（愛麗絲）面對帝國劍士，正打算扯開浴袍袒胸露乳的詭異行徑——

「…………」

「…………」

「…………燐，聽我解釋。」

愛麗絲好不容易才擠出話語。

順帶一提，她的雙手還維持著即將敞開衣領的姿勢。

「……妳誤會了，這不是出於本小姐的意志——」

「愛麗絲大人。」

燐一臉嚴肅，拎起放在客廳角落的手提箱。

她開始將愛麗絲和自己的私人物品一件件塞進手提箱。

「我們回皇廳吧。想不到您已經承受不住在帝國生活累積的壓力，甚至不惜用上袒露浴袍的方式來尋求認同——」

「才不是！燐！求妳聽我解釋！」

「小的最近也隱約感受到，愛麗絲大人或許有隨處脫衣的癖好……」

「居然連妳都這麼說！就說是妳誤會了啦！」

燐持續打包行李。

至於愛麗絲則緊緊抱住隨從，拚了命地為自己辯白。

Chapter.2　「月亮直搗黃龍」

1

伊思卡和愛麗絲一同度過的生活，轉眼間來到第五天。

「天帝陛下仍在熟睡，似乎還得花些時間才能恢復意識的樣子。」

「我明白了。」

伊思卡從天帝謁見廳回來時，是燐出面應對。

這幾天，廣讀各種情報刊物成為燐的每日行程。她天天都在閱讀帝國發行的報紙和雜誌，一整天下來甚至能讀完好幾十份。

「……妳該不會已經變得比我更了解帝國了吧？」

「這只是在打發時間。看這些東西根本稱不上是在收集情報。」

燐看著在車站前免費贈閱的薄薄八卦雜誌說：

「於帝都三號街失蹤的小貓米琪希，在經過整整一個星期後，終於被人找到了。我雖然打從心底覺得這樣的資訊無關緊要，現在的我已經無聊到得看這些無關緊要的內容來打發時間了。畢竟我完全沒辦法外出。」

「……這方面我也覺得過意不去。」

在帝國境內，愛麗絲和燐都是「魔女」。

不可能讓她們外出觀光。

「話說回來，愛麗絲人呢？」

「她今天也在鍛鍊。」

燐看著雜誌回應：

「也不曉得吹的是什麼風，她表示想透過練習下廚來排遣這段無聊的時光。如你所知，她昨天做了荷包蛋，所以今天大概是——」

「本小姐做好煎蛋捲嘍！」

廚房傳來愛麗絲的歡呼聲。

「燐，妳一定要來試吃一下！這可是本小姐使盡渾身解數做出來的煎蛋捲！」

愛麗絲捧著大盤子跑了出來。

雖然各處都有焦痕，形狀也歪七扭八，但這鮮豔的黃色和誘人的香味，確實是煎蛋捲沒錯。

「伊思卡，你回來的時機正好！」

一看到自己的身影，愛麗絲便將盛有煎蛋捲的盤子塞了過來。

「本小姐今天學會了煎蛋捲的作法。喏，做得很完美吧？本小姐都要為自己的才能感到害怕了喲！」

「嗯。」

「對吧！」

回答得好快。

順帶一提，同樣的場景也在昨天發生過。當時的燐嚴肅地回了一句：「任誰都做得出荷包蛋。」使得愛麗絲的壞心情持續了半天。伊思卡便是記取了教訓，才會做出這樣的回應。

「真不愧是愛麗絲，學得可真快。」

「真是的，伊思卡果然眼光獨到。我就知道你能看出本小姐天資過人呢！」

愛麗絲聽了更是喜上眉梢。

「對了，伊思卡。本小姐就大發慈悲，讓你率先品嘗我製作的煎蛋捲一號吧！」

「咦？那怎麼好意思。這是妳頭一回做出來的煎蛋捲吧？」

「本小姐就是想讓你吃呀。」

愛麗絲再次將大盤子遞了過來。

「來，請用！」

「……啊～不過……」

就在伊思卡的答覆有所猶豫的瞬間——

某人抓準那短短的時機，從伊思卡的身旁伸手一抓。

那隻手的主人是一名黑髮少女。

「那就由我來試吃吧。」

「咦？」

「嗄？」

「什麼？」

就在伊思卡、愛麗絲和燐都為之錯愕的這段時間。

月亮公主琪辛將手一伸，從愛麗絲手裡的盤子拎起煎蛋捲，就這麼送入她嬌小的口中。

「……**四分**。」

「什、什、什什什……」

愛麗絲渾身直打哆嗦。

她將空空如也的盤子用力一扔，伸手指向黑髮少女。

「那個分數是什麼意思啦——！」

她以這幾天最為氣急敗壞的神情發出咆哮。

＝

天帝謁見廳——

兩名女兵正在守望她們的主子——天帝熟睡的身影。

「……一直沒醒來耶。」

「他醒不來喲。陛下一旦進入這種狀況，就會睡很久呢。」

米司蜜絲擺出正坐的姿勢。

她身旁的璃灑則一副司空見慣的模樣，懶洋洋地躺在地板上。

「米司蜜絲也不用這樣正襟危坐啦，妳可以帶些雜誌過來，邊躺著看邊等呀。假如妳想，也可以摸摸陛下的尾巴喔。」

「人家哪敢呀！」

米司蜜絲身擔陪伴兼監視希絲蓓爾的重要任務。

雖然目前暫時交給音音負責，她仍舊不敢在這間大廳擺出懶散的態度。

「…………」

「所以說，妳有什麼事情想問咱？」

「咦？」

聽到璃灑突如其來的一問，米司蜜絲詫異地抬起臉龐。

「人家把心事寫在臉上了嗎？」

「妳一副心神不寧的樣子。更何況，妳明明接下監視希絲蓓爾公主的任務，卻交由音音小妹代辦，特地跑來這裡。這樣的舉動和小米的作風很不相符呢。」

璃灑一臉正經。

米司蜜絲凝視她的臉龐好一會兒，驀地抬頭看向天花板。

她像是在尋找什麼似的，環視天花板的四個角落。

「……人家一直很在意一件事，天守府裡難道沒有檢測星靈能量的儀器嗎？喏，就是那種一有魔女經過，就會發出『嗶嗶』聲的機器。」

「沒有喔。」

「……因為那也會對天帝陛下產生反應的關係？」

「沒錯。」

躺在地上的璃灑，指著同樣蜷縮身子兀自好眠的獸人說：

「一百年前，陛下同時沐浴了大量的星靈能量和『災難』的力量，所以才會變成這副模樣。

由於陛下全身上下都會釋出星靈能量，用貼紙遮擋星紋行不通。」

「————」

聽聞璃瀝侃侃而談，米司蜜絲一語不發地按住自己的左肩。

按住她隱藏星紋的部位。

「……天帝陛下也很辛苦呢。」

「米司蜜絲。」

璃瀝在鏡片底下的雙眼綻放出銀灰色的光芒。

「問些**妳真的想知道的事**吧。別這樣拐彎抹角。」

「……嗚嗚……」

「也不用抱頭叫苦啦。說吧。」

「……那、那人家要說嘍……」

正坐的米司蜜絲直盯著躺在地上的璃瀝。

「璃瀝的星紋和人家不一樣，是人工製造的對吧？」

「沒錯。我這個是以前烙在陣陣和音音小妹身上那玩意兒的改良版。只要置之不理，很快就會自行消散喲。和米司蜜絲的確實大不相同。」

「……變成真正魔女的帝國軍人，會有什麼下場呢？」

「咱沒看過幸福收場的例子耶。」

「也太直接了吧！」

聽到她直言不諱的回答，米司蜜絲甚至沒能湧出悲傷的情緒。

「就、就不能再說得婉轉一點嗎……！」

「畢竟從百年前就是如此嘛。」

璃灑靈巧地以躺著的姿勢聳了聳肩。

「說起來，所謂的星靈使原本也是帝國人。他們遠走他鄉，建立了涅比利斯皇廳。而在當今的時代，一旦帝國軍人成為魔女，那麼立場就會變得更加煎熬。這樣的人會夾在帝國與皇廳之間，無論加入哪一方，都只會受到厭惡而已。」

「…………我想……也是……」

唉——

米司蜜絲連點頭的力氣都沒有，只能無力地嘆口氣。

「璃灑說得沒錯——」

「所以妳成為首例不就得了？」

「…………咦？」

「咱說的都是過去的例子。咱只是還沒見過那樣的人罷了。」

米司蜜絲愣愣地張大嘴。

璃灑動作俐落地在她眼前坐起身子。

「帝國軍人雖然成為魔女，依舊幸福地善終——妳只要成為第一個例子就行了。咱雖然沒辦法向妳打包票，包含小伊在內的第九〇七部隊的諸位應該都這麼想。」

「…………」

「陛下也不會刁難妳喲。畢竟他老是指派些麻煩的任務給妳。像是去尼烏路卡樹海擊退冰禍魔女啦，不然就是去謬多爾峽谷爭奪星脈噴泉之類的。」

「就是說呀！不對，那都是璃灑害的吧！」

米司蜜絲以坐姿彈起身子。

她指著眼前的女使徒聖說：

「追根究柢，人家之所以會變成魔女，都是因為璃灑指派強人所難的任務——」

「唉呀，妳等一下。有人來訊了。」

「妳想逃避這個話題嗎！」

「不是、不是，咱是說真的。是真的有人打電話過來了……哎呀，是冥小姐。」

璃灑取出通訊機。

「有什麼事嗎？」

『抱歉啊，小璃瀧。人家讓魔女跑掉了。』

「…………什麼？」

璃瀧的瞳孔縮成豆粒般的大小。

「……妳是指琪辛嗎？」

『就發生在她去上廁所的瞬間。人家在廁所裡也架設了監視攝影機進行監控，結果那個魔女在攝影機的拍攝下，大搖大擺地把廁所的牆壁打出好幾個大洞，衝進了走廊。』

「她打算潛逃出境嗎！」

『我不知道～因為和她不期而遇很危險，人家才來知會妳一聲，但無論如何，她逃不出這棟天守府啦。好啦，人家要告知的訊息就這些！』

對方自顧自地掛斷電話。

棘之魔女琪辛正在天守府內逃亡。

這樣的消息使得米司蜜絲和璃瀧都感到不寒而慄，總覺得這會鬧成一場大事。

「璃、璃瀧，咱們該怎麼辦！不是說那名魔女變得乖巧了嗎！」

「總之把她抓起來偵訊一番吧。」

璃灑一副無奈的模樣站起身子。

「真傷腦筋，居然趁天帝陛下好好休息的時候這麼大鬧。」

『——真的很傷腦筋呢。』

「陛下，您說得是……咦，陛下？」

『呼啊……』

璃灑和米司蜜絲轉過身子。

只見銀色獸人正打著大大的呵欠。他在榻榻米上坐起身子，以盤腿姿勢仰望兩人。

「您醒來了嗎！」

『我是被妳們的大聲嚷嚷吵醒的喔。冥的鬼抓人暫且不管，璃灑，總之去把涅比利斯的公主們帶來這裡。』

「我、我立即去辦！」

『要在兩分鐘內完成喔。』

璃灑和米司蜜絲衝出大廳。

天帝詠梅倫根目送她們離去後，再次打了個大大的呵欠。

＝

天守府四樓——

在房間的客廳裡，伊思卡、愛麗絲和燐同時向後一跳。

『琪辛！』

伊思卡擺出警戒的態度。

愛麗絲和燐則為少女突然現身感到吃驚。

「…………」

月亮公主一語不發。

然而她之所以沒講話，是因為正在咀嚼愛麗絲製作的煎蛋捲。面對琪辛這樣的態度，愛麗絲率先發難——

「妳怎麼會在這裡！我記得妳應該受到了使徒聖的監視……不對，這種小事先不管！妳為什麼要突然闖進我房間，還吃掉本小姐的煎蛋捲……那是要給伊思卡吃的耶！」

「…………」

「說點話來聽聽呀！」

「噗哈！」

琪辛將煎蛋捲吐了出來。

「呀啊！妳、妳在做什麼！」

「咳咳！」

月亮公主嬌弱地咳幾聲。

「……好危險……要是沒吐出來，這個的味道真的會要了我的命……」

「妳怎麼一開口就這麼沒禮貌！」

「能給我點茶漱個口嗎？」

「而且還把自己當成座上賓！琪辛，妳給本小姐聽好了！妳既然貿然現身，就該先說明自己上門的目的吧！」

「只要我一開口，叔父大人就總會為我打點周全。」

「唔！」

愛麗絲的嘴角一僵。

月亮公主提到的「叔父大人」，指的是假面卿。

看在愛麗絲眼裡——

她也是姊姊（伊莉蒂雅）暴行的犧牲者之一。這句話無異於「假面卿（叔父大人）變成如此，都是妳姊姊害的」，如同在向愛麗絲追究責任。

「……本小姐明白了。」

愛麗絲用手梳理位於旁側的頭髮。

「如此這般，伊思卡。本小姐要喝無咖啡因的紅茶。燐呢？」

「我要熱開水。帝國劍士，動作快。」

「要張羅的人是我嗎！」

這應該是隨從應該做的事吧？

就在伊思卡打算如此開口時，琪辛輕輕拉住他的袖子。

「……怎麼啦？」

「我想喝奶茶，牛奶和茶的比例要八比二。我怕燙，所以弄成微溫就好。」

「……我儘量。」

伊思卡抵禦不住三名少女的要求，只能不情不願地走向廚房。

「……原來妳這麼能講，本小姐一直都不曉得呢。」

兩人之間隔著一張桌子。

愛麗絲先一步喝空茶杯，向另一側的公主搭話說：

「妳總是和假面卿待在一起，即使我或大臣向妳搭話，也總是由假面卿出言回應呢。」

「我在發抖。」

「？」

「每次說話，我都害怕得渾身發抖。可是在叔父大人清醒之前，我都得親自開口才行了。」

「……這樣呀，我明白了。」

愛麗絲苦澀地斂起嘴角。

她直視月亮公主宛如紫水晶般閃爍光芒的雙眸。

「本小姐能再問一件事嗎？妳不用隱藏自己的『眼睛』嗎？」

「現在已經沒有隱藏的必要了——我認為叔父大人會這麼說。因為我的能力已經被帝國軍和露家的妳們知道了。」

琪辛．佐亞．涅比利斯九世的星靈寄宿在「眼睛」裡。

也就是說，她的星紋位在眼部。這以星靈使來說是極為罕見的案例，說是特質也不為過。

「我能感應到星靈能量的流動，而這樣的能力遠遠高超在帝國軍的檢測器之上。在謬多爾峽谷找到星脈噴泉的也是我。」

「唔……」

就在伊思卡倒抽一口氣的同時，身旁的愛麗絲和燐也是類似的反應。

藉由沐浴在星脈噴泉的星靈能量中，星靈使能強化自己的力量。而琪辛有辦法比任何人都提早察覺到那樣的力場。

……也就是有獨占的本錢！

……也難怪佐亞家會這麼疼惜琪辛……

她不是徒有虛名的公主。

只要有琪辛這個最強的「眼睛」，佐亞家就算想獨占星脈噴泉、永無止盡地強化自己的軍隊，也不再是單純的紙上談兵。

「把月亮家的底細告訴我們，真的不要緊嗎？」

「我不是要告訴妳。」

琪辛的目光朝自己投來。

「而是你，伊思卡。」

「……向帝國(我們)揭露內幕，是想作為投降的證明嗎？」

「求求你了。」

月亮公主從椅子上起身。

下一瞬間，她絲毫不在乎自己柔亮的黑髮會被地板弄髒，將額頭觸碰在地。

「如你所見，請和我一同打倒魔女(伊莉蒂雅)。」

「唔！琪辛大人，請別這樣！」

燐奔到琪辛身旁。

她托抱著跪在地面上的月亮公主，以蠻力讓她站起身子。

「琪辛大人，這名男子是帝國兵！身為皇廳公主的您若為這點小事低頭，那麼皇廳——」

「有誰會為此感到難過？」

「唔！」

聽到公主回頭說出的回應，反倒是燐詞窮了。

「我再問一次。我若是向他投降，皇廳裡有誰會為此悲傷？會為此感到悲傷的叔父大人，如今都長眠不起了。」

「這……這個……」

「——我知道了，琪辛。已經夠了。」

「——燐，把手放開。」

異口同聲地——

伊思卡和愛麗絲的話聲同時交疊在一起，那樣的音色甚至讓人感到悅耳。

「燐，這不是妳能插嘴的話題。」

愛麗絲緩緩搖了搖頭。

「想阻止伊莉蒂雅的心情，本小姐也能感同身受……不對，說不定本小姐才是覺悟做得不夠的那一方。看著現在的她（琪辛），我不禁如此反思起來。」

「愛麗絲大人！」

「本小姐不打算向帝國投降，只不過……」

愛麗絲像是有口難言，抬頭看向天花板。

她先是這樣接連偷瞥伊思卡好幾眼，隨後又別開視線。

「呃，那個，伊思卡。本小姐也有件事想好好說——」

『呼啊……早安。』

一道慵懶的嗓音，響徹天守府的每一層樓。

那聽起來就像隨時都會睡起回籠覺的語氣，同時還打了個大大的呵欠。

『梅倫雖然還差大概八十個小時才能睡飽，被璃灑的大嗓門吵醒了呢。呃……原本要說的是什麼來著……每次睡覺，梅倫的記憶都會被清除一遍呢……啊，對啦，是要聊魔女伊莉蒂雅的事。就來聊聊那個女人會變成那副模樣的元凶為何吧。』

2

伊思卡、愛麗絲、燐，以及琪辛。

四人抵達天帝謁見廳的時候，其他成員們已經聚集在大廳。

第九〇七部隊和希絲蓓爾。

後方還能看到璃灑，以及讓琪辛逃跑、此時正不悅地交抱雙臂的冥。

「喂，魔女小姐。妳竟敢光明正大地逃跑，膽子還真不小啊？」

「——」

「居然無視我！」

「你就是天帝嗎？」

琪辛毫不在意地走過冥的身旁，仰望坐在簾幕後方的人物。

仰望一名正以愉快的神情俯視眾人的獸人。

『涅比利斯的公主，**妳有一雙很好的眼睛呢**。』

銀色獸人拄著手肘。

『梅倫是不是天帝，妳大可用自己的方式去判斷。梅倫只是想講話，而妳也是為了聽這些話才過來的吧？』

「……是和伊莉蒂雅有關的話題對吧？」

『沒錯。梅倫記得她原本是涅比利斯皇廳的第一公主？她之所以會變成那樣的怪物，是因為某個元凶搞的鬼。就從這部分開始說起吧。』

天帝詠梅倫根從背後取出一個模型。

那是星球儀——水藍色的球體象徵海洋的占比，上頭繪製著大陸的輪廓。天帝隨即指著正中心的部分。

『看看這星球的中樞吧。』

星球儀從中一分為二，朝左右垂落。

被切開的斷面呈現三層地貌，分別是茶色的「地殼」、淺綠色的「地函」，以及亮藍色的「中樞（核心）」。

『這便是星球的最深處——星之中樞，同時也是星靈們原本的住處。而在遙遠的古代，一隻異物混進此地。後來，星之民將其稱為「星之末日」，戒慎恐懼地視之為災難。』

他指著星之中樞說：

『也有人稱之為星之大敵。那麼為何會被視為災難呢？答案就在你們的眼前。喏，看過梅倫的姿態，你們應該都懂了吧？』

銀色獸人接著比了比自己。

指著他化為異形的身姿。

『這場災難，能讓人類和星靈轉化為未知的異形喲。梅倫和魔女伊莉蒂雅都是虛構星靈。』

因為星之災難存在「重鑄」的特性。

將天帝（詠梅倫根）轉化為銀色獸人。

將公主（伊莉蒂雅）轉化為如同漆黑影子聚合物的魔女。

將瘋狂科學家（凱賓娜）轉化為背後長出巨大突起物的墮天使。

將星靈轉化為地之虛構星靈。

將星靈轉化為海之虛構星靈。

「等一下……！」

愛麗絲的嘴唇變得鐵青。

「本小姐們交手過的怪物，那個叫虛構星靈的玩意兒，原本是普通的星靈嗎！」

『妳理解事情的嚴重性了嗎？沒錯。星靈們就是懼怕那個，才會接連從星星的中樞地帶向外逃竄。一無所知的皇廳錯認為逃往地表的星靈是天降恩賜，擅自取名為星脈噴泉。』

「……居然說我們……一無所知……」

愛麗絲壓抑自己的呢喃。

她一直以為星脈噴泉是產出大量星靈能量的地理現象。

在帝國和皇廳持續爭搶的戰場底下，無數星靈由於星之災難，陷入走投無路的境地。

「……我知道了，請繼續說下去吧……雖然都是些本小姐不想相信的事實……」

愛麗絲仰望天帝問：

「姊姊大人也是被那股力量改變的對吧？」

『伊莉蒂雅是個例外。她不是遭受轉化，而是「脫胎換骨」對吧？那位公主應該是自己期盼變成那副模樣的吧，而梅倫也不曉得她的動機為何。愛麗絲莉潔公主，身為姊妹的妳，應該比梅倫更清楚箇中緣由吧？』

「……這……」

愛麗絲為之語塞。

這時，琪辛向前踏出一步。

「我有個直截了當的問題。」

『月亮公主，妳想問什麼？』

「是關於我的復仇對象。我原本以為只有魔女伊莉蒂雅一人，但按照你的說法，還有個幕後黑手賜予她力量對吧？」

『嗯。還有，假如妳辦得到，那已經不是復仇，而是拯救世界的偉大功勞喔。妳可以因此引以為傲。』

天帝用力點了點頭。

『只要無法擊敗星之災難，這顆星球的所有人類和星靈，都總有一天會轉化為異形——就像梅倫的這副模樣喔。』

「……天帝，你說的『總有一天』，具體上會發生在多遙遠的未來？」

『是現在進行式喔。』

即使是燐提出問題，天帝也依然迅速地回答。

『世上有一處星之末日已先行涉足的地方。如果想親眼目睹，可以去確認看看——看看卡塔力斯科汙染地的慘況。』

「……那是什麼樣的地方？」

『妳明明是皇廳一員，居然不曉得嗎？那裡位於帝國遙遠的西北方，是一處沒有昆蟲和植物的腐敗大地。就這層意義上來說，是帝國和皇廳都不會與之有所交集的地區呢。畢竟那裡是真的**空無一物**，比被火燒過的荒野還淒涼。』

天帝轉動手裡的星球儀。

他指著位於大陸西北部的細長地形。

『卡塔力斯科汙染地，位於這片大陸最為扭曲的地方。在那裡行走需要嚮導，不過他也差不多該到了。』

「——噫呀！」

這時，米司蜜絲隊長突然發出尖叫聲。

「是、是誰在摸人家的屁股……是音音小妹嗎？」

「不是音音我喲。」

「那麼是希絲蓓爾小姐？」

「我可是站在隊長的右側喔。話說隊長的身後根本沒人呀。」

「……咦？」

米司蜜絲回頭看去。

雖然在場眾人的視線都集中過來，如同希絲蓓爾所言，米司蜜絲的身後確實沒有人影。

『嗯？喔，原來在那裡啊。過來梅倫這裡。』

天帝揮了揮手。

登時，該處傳來像是昆蟲振翅般的細微聲響。

「有、有人在那裡！」

「喂，在那裡的是什麼人啊？」

伊思卡和冥轉身看向遮住天帝的布簾前方。

在空氣宛若熱浪般輕輕晃動後，隨即冒出一個以破布裹著身子的矮人。矮人的身高頂多只到成年人的腰部一帶而已。

「這、這個生物是怎麼回事！」

米司蜜絲隊長連忙向後飛退。

「難道剛剛摸人家屁股的就是……」

『他是**星之民**喔。』

天帝對著現身的矮人招了招手，隨即連同兜帽摸起矮人的腦袋。

簡直就像在照顧小孩子一樣。

『他們是與星靈融合的原始之民。他們不知道自己是否從一開始就是這副模樣，也對這件事不感興趣。重要的部分在於，這些星之民正是與星靈共存最為久遠的種族。』

『──────』

矮人抱住天帝的腳。

他摘下兜帽。若要用一個詞彙來形容其樣貌，大概就是「童話故事的妖精」吧。他具有碩大的眼眸和彩虹色漸層的頭髮，看起來相當亮眼。

「真可愛呢！」

希絲蓓爾發出極為感動的驚呼聲。

她睜著閃閃發亮的雙眼，凝視緊抱天帝的矮人。

「真是一個散發魔幻魅力的可愛生物！那、那個……可以讓我抱一下嗎！假如願意，不妨來我的房間一起睡——」

『——嗚！』

星之民彈起身子。

他在發出宛如鳥鳴般的尖叫後，便躲到天帝的椅子後方。

『唉呀呀，遭到肉食動物喘著氣息逼近，當然會出現這種反應了……』

「誰是肉食動物啊！」

『星之民的膽子很小喔。他們有一處受到星靈守護的聖域，平時絕對不會踏出聖域一步。光是來到人類居住的大地，對星之民來說就是賭上性命的漫長旅途。』

天帝微微露出苦笑。

他耐人尋味的視線朝伊思卡看了過來——

『雖然是如此嬌小且膽小的種族，在星靈方面的知識堪稱無人能出其右。換個方式來說，**他們就是創造星劍的種族**。』

「……由這樣的矮人打造的嗎！」

當他意識到時，伊思卡這才發現自己發出驚呼聲，凝視著布簾的後方。

他看著天帝的背後——

看著只將臉孔露出來的矮人。

『正是如此喔，黑鋼後繼。拯救你多次性命的星劍，正出自這些打鐵師傅之手。不過，這次的話題已經不僅限於星劍，而是與所有人類和星靈都有關的範疇。』

他以嘹亮的嗓音——

對著身為使徒聖的璃灑和冥。

對著涅比利斯皇廳的愛麗絲、希絲蓓爾、燐與琪辛。

對著第九〇七部隊的米司蜜絲、陣與音音。

天帝向眾人拋出提問：

『一旦星之災難覺醒會發生什麼事？這個問題的答案就位在卡塔力斯科汙染地。梅倫姑且確認一下，**有誰想去**？舉手報名一下吧。』

氣氛登時緊繃起來。

天帝的一句話，使得現場陷入一陣劍拔弩張的沉默。快點舉手吧——這種直白尋求意願的問法，讓眾人都緊張不已。

「────」

『哦？月亮公主，妳的動作挺快的嘛。』

天帝俯視率先舉手的少女，看似愉快地笑了出來。

『話說回來，妳的眼睛似乎看得見星靈能量？那確實相當適合這次的任務。』

「那是一處和我的仇人有關的場所對吧？」

『沒錯。那是被星之災難摧毀的大地，去走一遭不會吃虧。』

銀色獸人看似愉快地揚起嘴角。

『其他人呢？愛麗絲公主，妳意下如何？』

「……本小姐覺得沒有舉手的必要呢。」

愛麗絲刻意嘆了口氣。

她沒有舉手，而是大方地交抱雙臂。

「燐就不用說了吧。希絲蓓爾要留在這裡嗎？」

「我、我也要去！」

和那麼做的姊姊恰成對比，希絲蓓爾幹勁十足地舉起手。

「各位，就麻煩你們護衛我了喲！」

「……又得顧小孩啊。」

「陣，你等一下！誰是小孩子啊！」

「小孩就是小孩啊。啊～話說回來，天帝陛下。請恕在下一問。」

陣用手推著希絲蓓爾的額頭，阻止她張牙舞爪的攻勢。

同時罕見地用上敬語。

「我們的隊長還不太穩定，能請您為她檢查一下嗎？」

『不穩定？喔，這樣啊。』

天帝稍稍睜開雙眼。

他似乎注意到米司蜜絲隊長一直按著左肩的動作。

『原來跌入星脈噴泉的隊長就是妳啊。星靈似乎花了不少時間與妳磨合呢。讓梅倫看看。』

「咦……？遵、遵命！」

米司蜜絲脫下外套，露出輕便的服裝。

她撕下遮在左肩星紋的貼紙。

該部位閃耀著鮮豔的藍綠色光芒——

那是帶有圓潤線條、以氣流盤旋的軌跡一般形成的心型圖案。

『嗯？』

天帝輕輕挪動身子。

他幾乎要擺脫原本拄著臉頰的手掌般前傾上身，將臉孔向前探出。

『嗯嗯……嗯～？哎呀，這是……』

「怎、怎麼了嗎？人家的圖紋……難道說很不妙嗎……！」

『——————』

天帝沒有回應。

他就像沒把米司蜜絲的話語聽進耳裡似的，不發一語地以銳利的目光凝視米司蜜絲左肩上的星紋。

「那……那個，陛下……？」

『假如艾芙在場，她一定會嚇一大跳。』

「咦？」

始祖（艾芙）——

米司蜜絲隊長湊巧聽見天帝的自言自語，使她忍不住睜大雙眼。

「請、請問那是什麼意思——」

『無論是顏色、形狀還是部位，都完全相同……星靈……不，愛麗絲蘿茲，這是妳的意志嗎？妳並沒有挑上自己的後代，而是選擇了際遇相同的帝國人嗎……』

獸人就像在緬懷過往似的瞇著雙眼。

『第九〇七部隊的米司蜜絲．克拉斯隊長。』

「屬、屬下在！」

『那道星紋不是壞東西，也不需要安靜地呵護它，妳可以放心出發。』

「……啊，好、好的。」

米司蜜絲隊長行了一禮，可是依舊一臉疑惑。

都聽到天帝如此意味深長的低喃聲了，她原本以為這是相當危險的星紋，結果似乎完全沒有問題，反而讓她反應不過來。

「那個……天帝陛下。您認得人家的星紋嗎？」

『**梅倫曾經見過**。但那是很久以前的事了。』

「咦！」

『很好、很好。看來在場所有人都願意參加的樣子。』

那究竟是什麼樣的星靈——

天帝詠梅倫根完全不打算延續這個所有人都迫切想知道的話題，只是自顧自地露出滿意的表情點點頭。

『就去見識一下，星之末日造訪過的禁忌之地吧。』

Chapter.3 「汙染領域」

1

帝都詠梅倫根——

兩架軍用運輸機自第三管理區的中央基地起飛。

一般來說，應該會有許多空軍士兵敬禮送行。可是這次目送兩架飛機離開的，只有區區十名幹部和整備兵而已。

一項特殊任務。

天帝親自下令的極機密派遣任務，就此揭開了序幕。

飛機從帝都起飛後，瞬間來到一萬公尺的高空。

在俯視向晚時分天際線的同時——

『冥，妳知道嗎！妳正在接近這個世界的真理喲！』

「……」

『所謂卡塔力斯科汙染地！是一處人類長年無法踏足的禁忌之地！能前去開拓該處，是何等讓人羨慕的任務！』

「不，一點都不讓人羨慕。」

『要不是有治療患者的任務在身，我也很想同行。你們就隨心所欲地好好調查吧！』

「……我說小牛頓啊，人家不覺得這趟任務有什麼好開心的耶？」

『那妳就該好好享受！』

「人家現在滿腦子都是監視魔女的事。我不曉得那地方是叫卡塔力斯科還是卡塔力斯特，但這方面不是人家擅長的領域。我要掛電話嘍。」

冥一臉不悅，將通訊機朝身後一丟。

她並沒有坐在座位上，而是盤腿坐在地板上。

正當這麼想時，這名使徒聖隨即直接仰躺在地板上。

「啊～煩死人了！因為腦充血的關係，就連想靠睡覺來消氣都辦不到！」

「冥小姐，在飛機上躺著睡覺，不會讓妳頭昏腦脹嗎？」

「嗯？不會啊。」

躺平在地的冥身旁，是正在看書的璃灑。

她坐在座位上，還守規矩地繫上安全帶。

「冥小姐，妳的心情似乎一直不太好呢。」

「與其說心情不好，不如說人家只是遲遲沒辦法說服自己罷了……唉……」

冥仰望機艙的天花板說：

「魔女小姐居然全面投降……真的假的……那人家和她再打一場的機會……」

「已經沒有了喔。況且事已至此，咱們今後最好遵照國際法，在收起武器的同時對這位『琪辛公主』以禮相待。」

「妳在說笑吧？」

唉……

冥彷彿連靈魂都一併吐出似的，嘆了一口長長的氣。

「在這狹窄的運輸機裡，竟然不能對純血種的魔女動手。小璃灑啊，妳不覺得這是在暴殄天物嗎？」

「畢竟局勢改變了嘛。」

璃灑翻著書頁說：

「當前首要之務，已經不是帝國和皇廳的零星衝突。因為出現了更需要優先處理的敵人。」

「……也是啦。」

「魔女伊莉蒂雅的威脅度極高，我軍的中央基地也受到了巨大的影響；司令部和冥小姐的部下也受到了波及。」

「……噢。」

「要以討伐那名魔女作為第一要務。至於坐在後方的那幾位美麗的魔女們不是他人，是伊莉蒂雅的親屬。」

「根本就是在煉蠱嘛。」

冥略微傻眼地冷笑一聲。

「讓魔女去對付魔女，這是在逼她們進行骨肉之爭嗎？」

「是呀。既然當事人也有這樣的意願，帝國軍只要隔岸觀火即可。」

帝國軍的這番互動——

全被坐在後方座位的三名星靈使默默聽了進去。

「……她們還真敢大放厥詞呢。」

燐輕聲說。

就算隔著耐壓玻璃看向窗外，帝國軍的對話仍然傳進耳裡。

「刻意用能讓我等聽見的音量大聲交談，足見帝國軍確實是一群個性惡劣的傢伙。」

「她們說的是事實喔。」

「唔！」

聽到愛麗絲的回應，燐就像彈簧一般轉過身子。

「可是愛麗絲大人，她們的用詞未免……」

「就算同為家人，本小姐也無法放任伊莉蒂雅姊姊胡作非為。這確實是一場骨肉相殘的戰爭，我不打算逃避這樣的現實。」

愛麗絲在膝蓋上交疊雙手。

愛麗絲久違地睜開起飛後便一直閉上的眼皮。

……這可不是煉蠱這種小規模的事。

……不只是星星而已，連月亮都被捲入這場大規模的爭鬥。

她已經做好一切覺悟。

然而就算如此，看到月亮公主琪辛判若兩人的表現，還是不由得讓愛麗絲為之震驚。

「請和我一同打倒魔女（伊莉蒂雅）。」

「我若是向他投降，皇廳裡有誰會爲此悲傷？」

那是何等高潔的作為。

向帝國投降，並且向帝國兵懇求。

絲毫感受不到她對於公主這個身分的眷戀。琪辛・佐亞・涅比利斯九世對於尊嚴可說是棄之如敝屣。

看到她的身影——

自己（愛麗絲）感受到近似戰慄的衝擊。

為了活出自我，她不惜捨棄一切。琪辛堅強的心靈，令愛麗絲不寒而慄。

……伊莉蒂雅姊姊大人也捨棄了身為人類的人生。

……就像琪辛捨棄公主身分那般。

愛麗絲，妳又是如何？

妳迄今可有表現出和她們兩人相提並論的「覺悟」？

沒有，自己還差得遠。至今不曾為了覺悟而捨棄任何東西。

回頭想想——

自己若是想與姊姊交戰，究竟該**具備什麼樣的覺悟**？

「愛麗絲呀，妳現在面對的是遠比自己強大許多的存在。」

「妳的身邊可有守護在側的騎士？」

這裡沒有他的身影。

他搭上另一架飛機，而那架飛機此時想必正飛在這架機體的後方吧。

「……本小姐的覺悟……」

與他之間的距離。

讓彼此的關係從勁敵進展為騎士——接納這樣的變化，就是自己需要的覺悟？

「——」

「……我稍微休息一下，有什麼狀況再通知我一聲。」

「愛麗絲大人？」

愛麗絲對著窺探自己的隨從這麼回應，再次闔上眼皮。

遠征（航程）相當漫長。

搭乘飛機之後，已經過了十三小時。須在機上待整整一晚，並且過明天中午，才會抵達設有機場的中立都市。

……要是被人知道，想必會成為一場大騷動吧。

……畢竟涅比利斯皇廳的三名公主，都搭上帝國的運輸機。

不能被任何人知道。

要杜絕遭到其他人知悉此事的可能——尤其是身在涅比利斯皇廳的女王（母親）。

2

十五小時後——

兩架帝國軍用機輕巧地降落在某座中立都市的機場。

然後過沒多久——

「……愛麗絲！太好了，妳平安無事吧！」

涅比利斯皇廳女王宮。

在與帝國遙遙相望的大國中，女王米拉蓓爾用力按著通訊機，其力道重得甚至令耳朵生疼。

睽違數日傳來的女兒（愛麗絲）說話聲。

除此之外，女兒傳來的「報告」更讓她不由得震驚。

『幕後黑手是伊莉蒂雅姊姊大人。無論是勾結帝國軍攻入皇廳，還是與太陽(休朵拉)共謀擄走希絲蓓爾，皆出自她的手筆。』

「……妳應該有證據吧？」

『很遺憾，這全部由姊姊大人親口揭露。』

「──────」

米拉蓓爾險些失手讓通訊機摔在地上。

掌心布滿汗水。米拉蓓爾將險些滑落的通訊機從左手換到右手，再次向通訊機另一端的女兒提出疑問：

「愛麗絲，伊莉蒂雅都和妳說了些什麼？」

『是關於姊姊大人的野心。』

「說得具體一點。」

『姊姊大人的心願，是獲得**超越**星靈的力量。她渴望比王族的任何人──甚至比始祖更強的力量，並且已經收入囊中。』

「……超越星靈的力量？」

從女兒口中傳來的報告，超出米拉蓓爾女王的理解範疇。

單方面宣告「獲得力量」的目的。

對於身為母親的米拉蓓爾來說，她痛心疾首般理解了她這麼做的原因。

——第一公主（伊莉蒂雅）相當完美。

——若能獲得強大的星靈，肯定能坐上下一任女王的寶座吧。

她寄宿的星靈之弱，完全無法和次女（愛麗絲）或是三女（希絲蓓爾）相提並論。

只有這個部分仰仗先天的恩賜，本人不論怎麼努力都只是白費力氣。這份哀嘆之情，或許就是她渴望起力量的遠因。

「有些教人在意呢。所謂超越星靈的力量，具體來說是什麼樣的東西？」

『————』

女兒陷入沉默。

『……女王大人（母親大人），您對星之災難這個詞彙可有頭緒？』

「咦？」

『女兒對此事的了解程度，還不足以化為言語。不過，女兒已經查出星之災難的祕密，就位在卡塔力斯科汙染地了。』

「唔？居然位在卡塔力斯科汙染地？」

那裡位於大陸的西北部。

就米拉蓓爾所知，那裡是充斥著強烈惡臭與毒氣的危險地帶。即使是帝國和皇廳相爭的歷史之中，兩軍也從未在該處交鋒過。

「愛麗絲，那裡只是一片毒沼澤而已吧？」

『女兒掌握了確切的情報，卡塔力斯科汙染地蘊藏伊莉蒂雅姊姊大人追求力量的線索。現在對於皇廳來說，姊姊大人已經成為最嚴重的威脅。假面卿和月亮的部隊，都在帝國國境敗給了單槍匹馬的姊姊大人。』

「——妳說什麼！」

『姊姊大人似乎打算毀滅皇廳和帝國，而女兒和希絲蓓爾都想阻止她……所以我們正打算前往卡塔力斯科汙染地。』

「…………」

米拉蓓爾說不出話來。

皇廳首屈一指的沙場老將假面卿居然輸了？

米拉蓓爾知道，那名男子多次在戰場上出生入死，也一再存活了下來。

而他和麾下的精銳部隊，居然被伊莉蒂雅一人打得全軍覆沒？

「……真是難以讓人想像的內容。」

『女王大人，也請您注意太陽的動向。』

女兒的話語鏗鏘有力。

『由於假面卿倒下的關係，月亮暫時不會有動靜，因此太陽最為可疑。以塔里斯曼卿的作風，或許會趁著這場混亂向女王大人派出刺客……』

「我會銘記在心。」

她看向窗外。

米拉蓓爾女王瞥了瞥射入室內的璀璨陽光，然後點了點頭。

「愛麗絲，妳也要多加小心。希絲蓓爾和燐都麻煩妳照顧了。」

通話結束。

女王謁見廳充斥著寂靜。而在大廳之中——

「月亮成了缺月……而太陽則安靜得讓人起疑呢。塔里斯曼卿，你究竟在打什麼盤算？」

此時的女王還不曉得。

矗立在王宮的太陽之塔，此時已人去樓空——

＝＝

呼出的氣息白而混濁。

位於冰冷的夜晚。

這是黎明前最為黑暗的時刻。有一群人正準備闖越涅比利斯皇廳的國境。

「好啦，得加快腳步了。可不能讓小伊莉蒂雅捷足先登呢。」

將白西裝穿得筆挺的壯漢回頭說。

——休朵拉家當家塔里斯曼。

他擁有堪比電影明星的英俊五官，還掛著紳士般的柔和微笑。就連圍上禦寒圍巾的自然動作，都呈現出宛如電影場面的氛圍。

「如同各位所知，月亮的主力部隊已經被打垮了。」

塔里斯曼環視列隊的部下們。

「小伊莉蒂雅的目標為星之中樞，而我等必須領先她一步。要是讓她的力量進一步獲得提升，就會成為相當棘手的威脅。」

他們朝國境外側前進。

在大陸的極北之處，存在古老的星脈噴泉。根據考證，該噴泉誕生的時期與帝都噴發的「星之肚臍」相仿，是世上最古老的大洞。

太陽航道（額我略）。

他們認為該處連接星之中樞。

「這就是天有不測風雲嗎……根據八大使徒的計畫，他們預計要在五年後才會調查那處星脈噴泉，如今一切都亂了套。」

前往星之中樞的大規模計畫。

太陽暗中將其稱為「額我略計畫」，記載詳情的資料，則被寫成名為「額我略祕文」的機密文件。

「但這其實是橫跨整整三十年的計畫呢……」

計畫本身出自塔里斯曼前一任當家。從星之中樞的「災難」看出利用價值這一點上，太陽和八大使徒達成了共識。

——太陽打算利用災難的力量，將星靈術昇華到極致。

——八大使徒打算利用災難的力量獲取理想的肉體。

所以太陽屢次為了八大使徒準備「禮物」。

也是太陽將碧索沃茲送到替八大使徒做事的瘋狂科學家身邊，作為實驗體的前因後果。

不過——

他們送出的最後一份「禮物」——伊莉蒂雅，卻在瘋狂科學家的實驗下，獲得無法控制的強大力量。現在看來，這是一次嚴重的失誤。

「太陽航道位於大陸最北處。接下來會從機場改走空路，就算趕得再怎麼急，恐怕也得明天深夜才能抵達。」

眾人穿過國境，前往高速公路。

在走過這座占地廣大的停車場後，能看到為他們準備的數臺大型車輛。

他們朝著該處前進——

「關於太陽航道，瘋狂科學家十年前曾下潛到深五萬公尺處。可是根據推算，星之災難盤踞的地點位於三十萬公尺處，是能以祕境稱呼、被這顆星球最多謎團包覆的領域。」

「哦？所以也沒辦法保證能讓我們平安回來嘍？」

聲音從背後傳來。

聲音的主人是穿戴華麗耳環的紅髮少女碧索沃茲。在這寒冷到空氣幾乎都要結冰的黎明前一刻，她只穿著一件薄薄的襯衫。

「是這樣對吧，當家？」

「就是這樣喔，碧索沃茲。」

「…………」

碧索沃茲仰望爽朗地點頭回應的塔里斯曼，然後偏了偏頭。

「能聽人家一言嗎？當家是我們的總帥，所以應該待在太陽之塔待命，下潛的工作交給我們來辦就行了。那裡應該很危險吧？」

「正因為我是總帥，所以才該這麼做。」

這麼回應的當家，摘下自己的圍巾。

他溫柔地將圍巾圍上碧索沃茲的頸部。

「？」

「穿這麼少，想必沒辦法抵禦寒風吧？」

「嗄？不不不，當家。人家現在已經感受不到冷熱的差異——」

「這和涵養有關。碧索沃茲，妳差不多到了該注意穿搭的年紀了。」

「……喔～是這樣啊。」

「就是這樣。」

塔里斯曼低頭看著圍上圍巾的紅髮少女，看似滿意地點了點頭。

「言歸正傳——沒錯，我們即將下潛的太陽航道，是一處未知的地下空洞。不過，假如總帥不身先士卒，又怎能作為部下的表率？」

「但誰也不能保證能平安歸來吧？」

「哈哈！豐厚的報酬往往伴隨風險。我可不打算當個坐享其成的膽小鬼啊。」

塔里斯曼一臉覺得好笑似的聳了聳肩。

看到他的動作——

「嗯，當家。您這樣的志氣很棒喔。」

碧索沃茲露出微笑。這名眼神銳利、彷彿總是瞪視他人的少女，在這一瞬間展露笑意。

這時——

「叔父大人，我來晚了。」

將純白大衣穿得筆挺的公主來到塔里斯曼所在的廣場。

——米潔曦比·休朵拉·涅比利斯九世。

這名少女擁有立體的五官，以及讓人眼睛一亮的琉璃色頭髮。

她原本和塔里斯曼一樣是金髮，但在寄宿身上的強大星靈顯現的同時，她的頭髮也隨之被染成了藍色。

「您看來似乎要出發了呢。」

「是啊。抵達星脈噴泉卻和小伊莉蒂雅撞個正著，對此我可是敬謝不敏。雖說準備了對策，還是領先一步更為理想。」

當家瀟灑地坐上大型車。

太陽公主米潔曦比守望他的背影——

「……好冷呀。距離日出，似乎還有好一段時間呢。」

並且呼出白色的氣息。

3

大陸西北部——

眾人搭乘軍用運輸機，來到距離卡塔力斯科汙染地最近的機場。

之後則透過高速公路進行長距離移動。灰色荒野筆直地延伸到地平線的盡頭，然後綿延不斷地持續延伸。

「……那個……」

坐在副駕駛座的希絲蓓爾以嘶啞的聲音說。

在好幾個小時前，她的臉色就變得相當蒼白，嘴唇也逐漸發紫。

「……司機音音小姐……」

「希絲蓓爾小姐，妳怎麼了？暈車的症狀一直沒改善嗎？」

「是的……豈止沒改善，甚至還惡化了。我不擅長搭乘長途車……再這樣下去，中午吃的三明治搞不好會全吐出來……」

「妳放心吧。」

位於後座的陣強而有力地斷言：

「就算妳吐出來，我也會讓妳吞回去。」

「我才不要！」

「要是吐在車裡，豈不是會釀成慘劇？」

「我希望你們在釀成慘劇之前想點辦法呀！」

希絲蓓爾頂著鐵青的臉孔回頭看去。

「唔！提高嗓門講話，讓我的頭更暈了……」

「嘖！喂，隊長。」

陣先是咂嘴一聲，隨即用下頷比了一下車內的後照鏡。

他們搭乘的這輛大型車負責打頭陣。

而陣此時凝視著後照鏡裡的二號車和三號車。

「去聯絡一下使徒聖大人，和她說有一員身體狀況不佳。都已經開好幾個小時的車了，就算稍作歇息，她應該也不會囉嗦吧。」

「嗯、嗯！」

「——看到了！我們到嘍！」

那幾乎發生在同一時間。

米司蜜絲隊長點頭的同時，駕駛座上的音音指著擋風玻璃的前方。

在地平線的盡頭——

能看到一處被鐵絲網（路障）圍繞的地方。

「抵達了啊。」

陣無奈地嘆了口氣。

「那就繼續往前開吧，不用休息了。」

「我沒辦法接受啦！」

希絲蓓爾雖然嘴上反抗，在得知終於抵達目的地時，臉上也露出了放心的神情。

長時間的空中和地面之旅終於告一段落。

——「卡塔力斯科汙染地」：禁止進入。

車輛掠過附有老舊巨大看板的鐵絲網。

下一瞬間。

所有人都立即察覺充斥車內的「空氣」產生變化。

「奇、奇怪？」

負責駕駛的音音皺起臉龐。

「……是不是有點臭啊？」

「隊長，別在車上偷放屁啦。」

「女孩子才不會放屁喔！不是人家，說不定是希絲蓓爾小姐從嘴巴吐出來的……！」

「我才沒吐呢！是外頭空氣的問題啦！」

外界的空氣透過空調設備灌入到車內。

卡塔力斯科汙染地的大氣——

就像大量廚餘擺放許久後產生的腐臭味，其顏色看起來也像帶了微黃色的煙靄。

『哦，已經可以看見啦。』

璃灑傳來通訊。

她通訊的對象應該不只這輛車，而是三輛車都能聽見。

『大家要注意往前看喔。』

根本不需要她特別提醒。

所有人早就在凝視位於地平線彼端的「那幅光景」了。

那是不斷冒出大量泡泡的深紅色沼澤。

卡塔力斯科汙染地。

在停好車、往外跨步的瞬間，伊思卡的全身上下就噴出大量的汗水。

……太詭異了，熱得和沙漠一樣。

……光是高溫就已經很難受了，這裡的溼度還高得讓人難以呼吸！

這裡位於大陸的西北部。

照理來說，此地的氣候應該比帝國嚴寒許多；但在踏入這片領域的瞬間，空氣就為之一變。

足以奪命的極端氣溫——

光是長時間待著就會有生命危險，此地的溫度就是如此異常。

「咳……咳咳！剛剛的刺鼻味來自這些泡泡呢！」

希絲蓓爾激烈地咳嗽連連。

她雖然用手帕摀住口鼻，然而面對這強烈的惡臭，只怕起不了什麼作用。這已經是需要防毒面具的狀況了。

「希絲蓓爾小姐，妳還好嗎？」

「……我、我沒事，米司蜜絲隊長。話說回來，我有個提議。」

按著手帕的公主將手指向剛熄火的車子。

「我們回去吧。」

「連探險的第一步都還沒跨出去耶！」

「因為那怎麼看都很危險呀！看仔細了！」

希絲蓓爾攤開雙手。

她不是要眾人具體地看向某處。這片被命名為卡塔力斯科汙染地的紅色沼澤裡，看不見任何一株植物。

就連一根枯枝或是一片枯草都找不到。

也沒有蟲子。

更沒有鳥類。

這裡就像毫無生機的死後世界。

「說是沼澤……從冒出氣泡這點看來，更像是燙得要命的熔岩呢。」

冥這麼說，來到池水的邊緣處觀察起水面。

「人家雖然曾經下過水蛭或鱷魚橫行的沼澤，但是沒有任何生物的沼澤倒是頭一遭呢。小璃灑呢？」

「咱也是。不過啊，聽從陛下的命令千里迢迢來到這兒一看……」

璃灑摘下眼鏡，擦去浮現在額頭的汗水。

「這裡如果是被災難『重鑄』的大地，就真的不能置之不理了呢。假如這片汙染地的規模會逐漸擴大，總有一天會遍及全土，那可真的沒救了。」

「……姊姊大人，您讓本小姐太失望了。」

愛麗絲靜靜道出心中的怒意。

她咬著下唇說出這些話語：

「姊姊大人所冀求的，就是這扭曲可怖之物的力量對吧……如此慘澹的地表景色，就是姊姊大人描繪的未來嗎……」

「所以說，小璃瀧呀？」

冥伸手指著深紅色沼澤。

只見數百顆黃色的氣泡鼓起、碎裂，並且釋出強烈的惡臭。

「是叫做星之民來著嗎？聽說他們的聖域位於這裡的深處……但這應該得用上防毒面具吧？咱們會不會在這個沼澤裡走到一半，就被那些泡泡毒死啦？」

「關於這個部分呢——」

璃瀧罕見地偏頭說：

「真奇怪呢。如果是這種毒氣橫生的場所，陛下至少會提及和防毒面具有關的事。既然陛下沒有說——」

「——那種裝備沒有意義。」

輕觸水面的「啪唰」聲傳了過來。

只見月亮公主以指尖觸碰讓人聯想到鮮血的紅色沼澤。

「這並不是毒氣，而是極為扭曲的能源氣流。」

琪辛的雙眼——

帶有紫色的那雙眼眸，此時正緩緩地增強光輝。

「既然這片大地是受到『災難』改造的東西，那麼這些氣泡，便是從地底噴出的災難之力。這看起來遠比星靈能量更不穩定，而且相當扭曲。」

「哦？看在魔女小姐眼裡是這種樣子啊？」

冥像是覺得有趣似的吊起嘴角。

「居然說這不是毒氣，而是遭受汙染的能量。也就是說，就算用防毒面具遮住口部，只要肌膚持續和這些空氣接觸，就遲早會毒發身亡的意思？」

「————」

「喂，別把人家當透明人啦。」

「伊思卡。」

琪辛沒把冥的抱怨當一回事，轉身朝著自己看來。

她伸手指向充斥著劇毒能量的沼澤。

「我要做一份**人情**給你。請你在和伊莉蒂雅交戰那天償還。」

「咦？」

「請跟我來。」

啪唰……

月亮公主毫不猶豫，將一隻腳踏進深紅色的水面。即使美麗精巧的王袍（禮服）被水打溼，她也完全不介意，將另一隻腳也踏入水中。

「琪辛！」

伊思卡不假思索地喊出她的名字。

「……妳沒事嗎？」

「溫度差不多和洗澡水一樣，沼澤的深度大概到我的膝蓋高度。」

「我問的不是這個。這些泡泡（瓦斯）不是劇毒嗎？」

假如琪辛的話語可信，那麼這些泡泡便是從地底湧現的災難之力本身。

而這片汙染地就是受到這股力量的影響。

……連一隻蟲子或是一株植物都看不到。

……代表這受到汙染的能量對生物有害。

不可能不受到任何影響。

畢竟她正打算渡過產生這些泡泡的沼澤。

「所以才說做一份人情給你。」

琪辛指著沼澤深處。

「那裡噴出了巨大的泡泡對吧？其左側大約十五至四十公分的狹窄縫隙，便是汙染能量最為薄弱的路徑。」

「妳看得見嗎！」

他這下總算理解了。

天帝在看到她的眼睛後，便說她「適合這次任務」的理由。

在這個充斥劇毒的溼地裡，只有琪辛**看得見汙染能量的濃度**。

「往這裡走。」

啪唰……啪唰……

琪辛在濺起少許飛沫的同時，朝沼澤的深處前進。

「真、真的要走在這片毒沼裡面嗎！」

「希絲蓓爾就走在後面吧。有米司蜜絲隊長和音音看著，妳不會有事。」

伊思卡這麼回應神情抽搐的公主後，也跟著踏入沼澤。

……咻！

鞋尖一碰到深紅色沼澤的水面，鞋子的表面便噴出白煙。

「阿伊！」

「隊長，我沒事，冒煙的只有鞋子。即使觸碰到沼澤的水，也沒有疼痛或是遭到腐蝕一類的異狀——但也就目前如此而已。」

他追著琪辛的腳步。

只不過，這並不是單純加快腳步跟上即可。他必須觀察沼澤的水面，正確無比地循著琪辛的足跡前行。因為這裡是聚集了汙染能量的地方。

……如果相信琪辛的說法，那安全的路徑也就只有十幾公分的寬度。

……只要有一隻腳稍微踩歪，就會一腳踏進汙染能源之中。

琪辛的步伐並非筆直往前。

她有時會蛇行，有時會直角轉彎，繞過汙染能量積蓄的地方。對於伊思卡來說，跟上她的步伐著實是件相當傷神的差事。

而且此地相當熱。

得在兼具有如沙漠般的奪命高溫和桑拿般的溼度中持續步行。

應該說，他已經沒辦法停下腳步了。因為處於沼澤中央，一旦開始行走就無法停下來。

……對帝國兵來說不成問題。燐也一樣。

……不過愛麗絲、希絲蓓爾和琪辛承受得了嗎？

他特別擔心琪辛。

一般來說，光是在這種詭異的沼澤裡打頭陣，就會讓人害怕得全身哆嗦。不僅如此，她還一肩扛下偵測汙染能量濃度的重責大任。

累積疲勞的速度肯定和其他人大不相同。

——該出聲叫住她嗎？

——但是和她講話，會不會使她因此分心？

就在伊思卡感到猶豫的幾秒鐘時間。

走在自己眼前的黑髮少女，腳步突然一個踉蹌。

「——」

少女像是提線斷裂的人偶一般。

她的膝蓋一軟，側著身子朝深紅色沼澤倒去。看到她這副模樣的瞬間，伊思卡出聲抓住了她的手臂。

「琪辛！」

「……唔……」

伊思卡拉著她的手，托抱起她的身子。

只要再晚個一秒，少女恐怕就會一頭摔進深紅色沼澤之中。

「……我沒事。」

嗓音沙啞。

「……雖然有點頭暈，但我還能走……這是我們說好的……」

她還打算用自己的雙腿行走。

於是，伊思卡不由分說便將少女抱起，把她揹在身後。

「……咦？你、你這是在做什麼？」

「我要揹著妳前進。妳只要看著汙染能量下指示即可。」

「——」

黑髮少女將身子貼上伊思卡的後背。

「……我被帝國兵觸碰了。」

「我之後會隆重道歉。」

「……我明白了。那麼請往前直走兩公尺，接著朝左前方斜行。」

「了解。」

他們繼續前行。

背負琪辛的自己遵照琪辛的指示前行。正當伊思卡這麼想時——

「……**原來有這一招**。」

身後傳來希絲蓓爾的低喃。

「唉喲！我已經累到動彈不得了啦！若是不找個人來揹我，恐怕馬上就要跌進沼澤裡頭了！我說陣——」

「妳不是還有大吼大叫的餘力嗎？」

「才沒有呢！」

「好了，快點繼續走。妳要是停下來的話，後面就要塞成一團了。」

「你一點慈悲心都沒有嗎！」

後方似乎還很有精神的樣子。就在伊思卡為這樣的互動分神的瞬間——

啪唰……

前方彈出些許水沫。

「……啊。」

背上的琪辛抬起臉龐。

她指著從沼澤另一側走來的嬌小人影。

「星之民？」

『————』

三名小矮人身上包覆著破布一般的外套，正凝視著己方。

他們是被稱為星之民的亞人。

三名小矮人站在沼澤中的少許陸地上頭。就像浮在海面上的小島般，只有星之民站立的地方還留有陸地的地形。

「……那裡就是星之民的聖域？可是看起來好像太狹窄了一點。」

『往這裡走。』

星之民揮了揮手。

然而就在下一秒，他們縱身朝沼澤一跳，以小跳步般的步伐在深紅色的水面上奔馳。

朝著更深處移動而去。

「還要繼續走下去嗎！這片陸地是怎麼回事！」

「不是喔，希絲蓓爾公主。陸地（這裡）就是咱們今天紮營的地點喔。」

走上陸地的璃灑吁了一口氣，擦去額頭的汗水。

「根據天帝陛下所言，星之民生性膽小，要是咱們一湧而上，會把他們嚇破膽的樣子。他們這是在表示：『能進入聖域的只有寥寥幾人，其餘的人都在這片陸地上待命。』」

「寥寥數人指的是？」

「和魔女伊莉蒂雅有所牽扯之人。也就是同為姊妹的愛麗絲莉潔和希絲蓓爾兩位公主，還有就是想向她復仇的琪辛公主吧。」

璃灑看向三名公主。

身為隨從的燐雖然露出略感不滿的神情，還是無奈地嘆了口氣。

「另外就是幫天帝陛下命令的咱；以及這次會談到和星劍有關的事，所以小伊也要來喔。」

「……我明白了。」

聽到璃灑閉起一邊的眼睛這麼說，伊思卡也輕輕點了點頭。

——星劍。

透過實戰，已經證明這把武器也能用來對付魔女伊莉蒂雅了。正因如此伊思卡才更想知道，師父（克洛斯威爾）是出於什麼意圖，才會將星劍寄放在自己這裡。

「可別放開它了。這把劍是讓世界『再星』的唯一希望。」

他一直以為這是用來與皇廳爭鬥的武器。

他擅自認為，為了讓兩國議和，能夠克制星靈使的武器是有必要的。

然而事實並非如此——

也不知是從何時察覺到不對勁。倘若星劍真的只是用來克制星靈使的武器，那就無法解釋師父所提及的「**再星**」意義為何。

「冥小姐，那就麻煩您看守這裡嘍？」

「好啦、好啦，人家會在這裡待命，架好營帳等你們。」

冥打著呵欠點了點頭。

「小璃瀧，要是有什麼狀況，記得要聯繫人家喔。」

「了解！那麼小伊，咱們走吧。」

璃瀧將頭髮紮成馬尾。

在換成清涼許多的造型後，璃瀧指向深紅色沼澤。

「前往星靈的聖域吧。」

4

就像灼熱的沙漠也存在綠意盎然的綠洲那般——

卡塔力斯科汙染地也存在例外。

在毫無生機的汙染地深處，有個僅僅數百公尺見方的「聖域」。
是自星之中樞浮上的星靈們匯聚之地。
「……我難道在作夢嗎？」
希絲蓓爾愣愣地開口說：
「……在這種充滿劇毒的沼澤裡，居然看得見森林？」
沒錯。
追著星之民的步伐來到深處，看到的便是綠意盎然、植物繁生的森林。
這裡有五顏六色的花朵。
樹上也結了成熟的果實，能看到聚集覓食的小鳥。
「看似世界末日的汙染地，居然有宛如樂園一般的綠洲存在……」
「空氣也變清新了呢。」
環視樹木的愛麗絲做了一個深呼吸。
「……正因為如此，剛才的劇毒空氣才顯得格外詭異。老實說，光是想到回程還得再走一趟，就讓本小姐心生倦怠。」
「滯留的汙染能量幾乎為零。」
在自己的背上。

琪辛指向森林的高處。

「看那邊。星靈能量正強而有力地盤旋。我認為那就像遮擋陽光的窗簾一般，擋下了災難的力量。」

「……我雖然看不見，卻隱約有所察覺喔。」

這裡的空氣不一樣。

透過肌膚的觸感，他能感受到能腐化一切的災難之力，在這裡受到星靈能量淨化。

「對了，我說琪辛呀。」

愛麗絲的話語帶著微微的焦躁感。

「妳打算**維持這樣**到什麼時候？」

「維持是指？」

「妳打算在伊思卡的背上待多久？都來到安全地帶了，已經可以下來了吧？」

「我不要。」

青筋迸起。

對於月亮公主的快嘴回答，愛麗絲的神情一沉。

「……這、這樣呀。本小姐順便一問，妳不想下來的理由為何？」

「能在這處危險地帶利用能力拓展去路的我，也該受到伊思卡尊重吧？和妳這種只是跟在後

冷——漠

面的累贅大不相同。」

「竟然說我是累贅——————！」

「愛麗絲莉潔公主。」

在璃瀧的制止下，愛麗絲才忍住扯開嗓子大吼的衝動。

「……咳、咳咳，我失禮了。」

「麻煩您安靜一點。因為這裡已經是星之民的住處了。」

原本茂盛的綠意減緩了一些。

循著璃瀧的視線看去，能看到躲在草叢裡的星之民。

他們都是一副好奇的眼神。

雖說如此，他們膽小的本性似乎不變，只要一對上視線，他們就會立即逃跑。

「多麼可愛的生物……就連逃跑的模樣都好可愛……！」

希絲蓓爾露出陶醉的眼神看著他們的背影。

「在如此美麗的綠色園地裡，居然有那麼可愛的居民！對了，璃瀧小姐。我們到底還要走多久啊？」

「天曉得？天帝陛下說：『走下去就知道了。』」

他們循著森林小徑前進。

在從草叢裡探頭窺看的矮人們的守望之下，一行人抵達像是以純白色磚頭堆疊而成的圓頂建築物。

占地應該和稍大的倉庫差不多吧。

像是在歡迎眾人似的，圓頂建築物的大門緩緩地打開。

『……詠梅倫根？』

圓頂建築物的內部——

有三名星之民。

其中兩人站在左右兩側的牆邊待命，中間的星之民則坐在以大片交疊樹葉製成的坐墊上頭。

三人的身姿和外套幾乎一模一樣，唯有中間的矮人戴著款式樸素的項鍊。

「初次見面，請容在下使用人類的語言對話。」

在踏入圓頂建築物後，璃灑便立即跪下，擺出正坐的姿勢。她像是在表明自己全無敵意似的，深深地垂下頭部。

「在下受詠梅倫根陛下派遣而來，名為璃灑。很榮幸能見到長老。」

『……長老？』

矮人仰頭看向半空好一會兒。

在間隔了大約一分多鐘後。

『長老——是了，長老。人類的語言……好久沒用了……』

「應當有七十年之久了吧。在下聽說，詠梅倫根陛下便是在當時造訪此地的。」

好啦，你們也過來坐好——

在璃灑的催促下，伊思卡、愛麗絲、希絲蓓爾和琪辛也紛紛在地板上坐下。

『詠梅倫根呢？』

「他人在帝國，過得很好。只不過，他常用的藥即將服用完畢，所以委託在下前來一趟，詢問長老是否能賜與幾許。」

『嗯……知道了。』

長老站起身子。

他拉開位於房間底側、看似窗簾的布，露出鎮在下方的黑色石頭。

宛如黑曜石般的黑色石頭。那簡直就像——

「那不是！」

伊思卡險些站起身子，膝蓋甚至已經在無意間立了起來。

這已經不是有沒有印象的問題了。

那是和黑色星劍顏色相同的石頭。

『嗯……』

長老回望過來。

他彷彿就要將自己貫穿一般，從上到下仔細打量。

『克洛，你變小了？』

「我不是呀！」

沒想到居然會認錯人。

看來對於星之民來說，要一一辨識人類之間的差異是很困難的事。

『可是，既然帶著星劍，那你豈不就是克洛……？』

「那是克洛斯威爾師父寄放在我這裡的。」

黑之星劍與白之星劍。

伊思卡將成對的雙劍擺放在地，讓星之民們得以看見。

「我從天帝陛下口中得知，這對星劍似乎是各位打造的。我之所以來到此地，就是想知道事情的來龍去脈。」

『沒錯。』

星之民的長老將黑色結晶搬了過來。

那是和星劍顏色相同的結晶。

『因為詠梅倫根說要打倒災難，所以我就幫他做了。使用**這個**吧。』

咚……

長老敲了一下擺放在地的黑色結晶。

——***So Sez xeph.***（醒來吧）

黑色結晶迸碎開來。

不對，實際上是黑色結晶迸射出極為強烈的光芒，才會給人這樣的錯覺。

「這是星靈之光？」

「咦……騙人的吧！」

繼愛麗絲之後，希絲蓓爾也站起身子。

她按著自己的胸口。

「**和我的『燈』是一樣的光芒……！**」

『這不是石頭，而是花上數百年積累無數星靈形成的結晶。』

長老撫摸著黑色結晶說：

『用人類的語言說話很累，讓星靈開口即可。』

七十年前的過往，就此復甦在伊思卡等人面前。

Chapter.4 「這顆星球的一切記憶」

在帝都的星脈噴泉「星之肚臍」噴出大量星靈之後——

世界最初的魔女和魔人於焉誕生。

而在過了三十年後。

帝國由皇太子詠梅倫根繼位天帝。

至於在帝國的遙遠北方，從帝國流亡至此的人們則建立了名為涅比利斯皇廳的新興國家。

在這段歷史的夾縫之間——

『真是漫長的旅程啊。這裡就是星之民的居處嗎？』

既像少年又像少女的中性嗓音響徹森林。

銀色獸人環顧綠色原野。

『欸，克洛。你不是說會很珍惜梅倫嗎？在走過那片噁心的沼澤時，你明明可以背著梅倫走過去呀？』

「是你自己要跟來的吧？」

這麼口出惡言的，是揹著一個大後背包的黑髮青年。

他有著過長的黑髮和削瘦的臉頰。

腰間的釦環能窺見似乎是用來護身的短劍。

「還有，我說過要保護你，但不曾說過要珍惜你。」

『意思還不是一樣。嗯～通過那片難以呼吸的汙染地之後，這裡的空氣顯得好清新呢。』

天帝詠梅倫根像是感到刺眼似的瞇著雙眼。

他宛若想曬太陽的貓兒般，在陽光灑落的樹蔭底下伸展身子——

『溜出帝都之後一路跋山涉水，這趟長途旅行最後居然來到大陸的這等邊境。拜此之賜，也不用煩惱聊天的時間不夠用了……梅倫一直以為三十年前的「那個」是偶發的事件呢。』

天帝從樹蔭的縫隙仰望陽光。

他的一字一句都帶著強行按捺的情緒。

『帝都之所以會發生那場大爆炸，是因為星靈——或者該說是冒牌怨靈噴發出來的關係。所以梅倫才會變成這副充斥著野獸臭味的模樣。』

他坐著豎起一邊的膝蓋。

獸人將下頷抵在立直的膝蓋上擺出前傾的姿勢，對著從草叢裡現身的矮人使了個眼色。

『**說錯了嗎**？』

『錯了。』

一共有三名矮人。

只有給出回答、位於正中央的矮人，戴著以小石頭串起來的樸素項鍊。

『他們只是從星之中樞向外逃跑罷了。』

『意思是，星靈並不是元凶？現在星靈可是把帝國——甚至是全世界鬧得雞飛狗跳，你卻說這與他們無關？』

『無關。』

有長老身分的矮人指著自己的腳下。

『星靈並沒有錯。地底存在威脅星靈之物。』

「……那玩意兒就是元凶吧？」

黑髮青年代替天帝開口問。

克洛斯威爾．葛特．涅比利斯——

他沐浴自帝都噴出的星脈噴泉之力，是「最初的魔人」之一。他告別了自己的親戚涅比利斯姊妹，下定決心獨自留在帝國。

「帝國以採集資源的名義，挖了一個深達地下五千公尺的大洞，而我原本也是礦工之一……因為我們曾在挖洞的過程出一份力，我一直覺得要對星脈噴泉的誕生負責，但其實不是這麼一回事嗎？」

『完全無關。』

長老的話語沒有絲毫的迷惘。

『星脈噴泉是星靈們的逃亡路徑。星靈只是因為在星之中樞待不下去，才會逃亡到地面。無論人類有沒有挖洞，都與他們無關。』

「……所以不管我們有沒有往下挖，帝國都阻止不了星脈噴泉誕生的意思？」

『沒錯，就像這片森林一樣。』

被星之民取名聖域的地點。

克洛斯威爾和天帝一踏入此地，就立即明白如此取名的理由。

在這片森林的地面——

到處都能看到小小的星脈噴泉。

雖然每個坑洞的大小都只像是孩童惡作劇時挖出來的小型陷坑，確實能看到五光十色的星靈能量從中湧出。

宛如光之噴泉。

正因為受到噴發而出的星靈能量守護，在卡塔力斯科汙染地之中，才會有這片綠意盎然的森林存在。

『星脈噴泉從星靈的逃亡路徑自然產生。』

若是如此——

要查清三十年前的事件真相，就得解開「**星靈為何逃跑**」的謎團。

「星之大敵……是吧。」

克洛斯威爾以咬牙切齒般的嗓音繼續說：

「因為存在名為星之災難的怪物，才把星靈們害得從星之中樞逃脫而出。只要那玩意兒存在，星脈噴泉就會永無止境地增生對吧？」

帝國的事件只不過是「第一起」。

今後若是再次在大都市裡出現星脈噴泉，就會有更多非自願的魔女和魔人誕生吧。

「若是沒了災難（那傢伙）呢？」

『星之中樞會變得安全，所以星靈也會回去，再也不會出現在地表。』

「……也不會再附身於人類身上？」

『沒錯。星靈其實也不樂於寄宿在人類身上。因為星靈極為脆弱，他們才需要一個「家」。星之中樞原本就是星靈們的家園。』

也就是這麼一回事：

星之中樞原本是星靈的故鄉，因為出現了一隻怪物，故鄉被搶走的星靈們才會逃到地面上。

「既然如此，只要除掉災難就行了吧？有什麼手段——」

『克洛，你先等等。在這之前，梅倫還有堆積如山的問題想問。』

原本靜靜坐著的天帝開口說。

他凝視著三名矮人。

『梅倫明白要想辦法處理災難了。可是，說起來要怎麼抵達災難的所在之處？你剛才說是待在星球的最深處吧？難道要梅倫動用全國的帝國軍，挖出一個比星之肚臍更深的大洞不成？』

『這個。』

長老指著在地面開出小口的小小洞穴。

閃閃發光的藍色星靈能量從中竄出。

『……哦，跳進星脈噴泉啊。』

『所有的星脈噴泉都與星之中樞相連。不過那是星靈的通道，倘若人類想通過，就得找到更大的洞穴。』

『知道了，梅倫會想辦法。得用上包含天帝權力在內的一切手段呢。』

天帝苦笑著揮了揮手——

『回到克洛的疑問吧。現在已經有通往星之深處的方法了，然後呢？那是有辦法摺倒的對象嗎？那是把星靈嚇得逃之夭夭的可怕傢伙吧？』

被星靈寄宿的人類能獲得強大的力量。

其中的佼佼者便是克洛斯威爾的乾姊姊艾芙。然而……**就連寄宿在艾芙身上的星靈，都在星之災難的威脅下逃了出來**。

這樣的存在——

真的是人類有辦法打倒的對手嗎？

「告訴我。」

克洛斯威爾筆直回望長老的雙眼，用力抽了一口氣。

「災難是人類能戰勝的對手嗎？比方說，若是將所有帝國軍送進星之中樞，有多少勝算？」

『沒有勝算。』

「——什麼！」

他說不出話來了。

剛剛提出的疑問，是「多少勝算」。克洛斯威爾暗自估算，認為得到的回應會是「可能性很低」或「渺茫」一類的詞彙。

這淡淡的期待卻被踐踏殆盡。

「沒有（zero）」勝算。

『那是有朝一日會毀滅星球的存在，星球上不存在能夠戰勝的個體。說到底，人類的力量根本無法奏效。』

「……居然懸殊到這種地步嗎。」

冷汗滑過臉頰。

「那你要我們怎麼辦！我和詠梅倫根都是星之民（你們）叫來這裡的，就不能給我們一點希望嗎！」

『────』

這時──

迄今文風不動的兩名矮人有了動作。

他們走到長老的左右兩側竊竊私語。那並非人類的語言，克洛斯威爾雖然豎耳傾聽，卻完全不解其意。

「？我說……」

『希望。』

長老再次指向腳邊的星脈噴泉。

『希望便是**聚集這顆星球所有的星靈之力**。』

這句話——

超出了克洛斯威爾的理解範疇。

「……這是什麼意思？」

『星靈既弱小又膽小，而且還是一盤散沙。有些星靈來到地面，但也有些星靈還躲藏在星之中樞。』

來到帝國的星靈。

抵達皇廳的星靈。

有些星靈到達無人涉足的祕境，也有些星靈來到這處聖域。

星靈散布在世界的各個角落。

『假如能集齊他們，說不定——』

矮人們同時將身子轉了半圈。

他們在背對克洛斯威爾和天帝後，便拋下兩人逕自邁步。

「喂、喂？」

『是要我們跟上的意思。克洛，走吧。』

起身的獸人也跟著邁步。克洛斯威爾慌張地追了上去，而兩人最後抵達的，是個宛如以白色磚瓦堆砌而成的圓頂建築物。

在穿過大門之後。

「？這顆黑石頭是怎麼回事……？」

克洛斯威爾一開口就是這句話。

那怎麼看都是一顆石頭。

房間的正中央設有一個臺座，大約有一個成年人圍抱大小的石頭坐鎮在此。

——讓人聯想到野獸牙齒的尖銳外型。

這樣的石頭受到了祭拜。

明明只是一顆石頭，臺座卻供奉各種顏色的花朵和果實。

『星靈。』

「嗯？」

『星靈無法以個體之姿存在，所以才會寄宿在人類身上。這是將沒能寄宿在人類身上的星靈們聚集起來，花上數百年結晶化的成果。』

「這原本是星靈？等一下……！」

他窺探黑色結晶。

怎麼看都不像星靈。就克洛斯威爾所知，星靈能量總會綻放各種顏色的淡淡光芒。

亮麗的星靈光輝，以及這顆黑色結晶的顏色。

兩者乍看之下毫無關聯……

『啊！原來如此呀！』

這時，詠梅倫根搥了一下自己的掌心。

『克洛，你喜歡美術嗎？有繪畫天分嗎？』

「……怎麼突然講這個？」

『看來你三兩下就不學了呢。』

銀色獸人彷彿覺得有趣似的聳聳肩。

『就讓梅倫賣弄一下。就是所謂的色彩三原色啦。把紅、藍、綠，還有黃、橙、紫等世上無數的顏色全部加在一起，你覺得會變成什麼顏色？』

「我哪知道……」

『是**黑色**喔。剛好就是這顆結晶的顏色呢。』

詠梅倫根朝著眼前的結晶走去——

『**所謂的黑色，就是將所有顏色加在一起後誕生的顏色**喔。然後——』

他將手擱在黑色結晶上頭。

撫摸宛如刀鋒般銳利的結晶說：

『克洛也知道吧？星靈似乎各有固定的顏色。』

炎之星靈會產生紅色星紋。

冰之星靈會產生藍色星紋。

風之星靈會產生綠色星紋。

假如細分下去，風之星靈似乎也會產生藍綠色的星紋。

『既然說是這世上所有的星靈，肯定不只幾千幾百種。這世上有數萬、數十萬種不同的星靈固定色……看看這塊結晶。這塊結晶既然是黑色的，就代表它是由這麼多星靈合而為一的喲。』

融合諸多星靈能量的結晶。

一旦缺少任何一種顏色，這塊結晶恐怕就無法呈現出完整的黑色。

「……雖然沒什麼確切的感受，這塊石頭就是殺手鐧的意思嗎？」

他戰戰兢兢地伸出手。

克洛斯威爾效仿詠梅倫根的動作，也摸了摸黑色結晶。

「為了打倒災難，必須集齊所有星靈……那麼，既然這顆石頭就是那麼做的結晶，可以當作這就是對付那個災難的殺手鐧了吧？」

『是，但仍舊不足。』

長老攤開雙手說：

『這顆結晶只匯聚了這個聖域的星靈力量，因此仍然遠遠不夠。若想與星之災難一戰，就需要遍布在世界各處的所有星靈。須向星靈溝通，讓他們為這顆結晶積蓄力量。』

「收集全世界的所有星靈！這……幾乎是不可能的任務吧？」

星之民才剛解釋過。

從星之最深處逃跑的星靈，分頭逃往了地表。

有從帝國噴發的星靈。

有從皇廳噴發的星靈。

在原始森林、沙漠或是荒野，想必也有星脈噴泉的存在吧。

而且還要向所有星靈溝通——

『只要能收集到要素即可。』

長老攤開雙臂仰望半空。

『若能收集到一隻冰之星靈，那麼冰雪的星靈和暴風雪的星靈——這些冰之星靈的同伴們自然也會聚集而來。』

「……原來是這麼回事。」

從星之中樞逃跑的星靈雖然作鳥獸散——

他們依然全是「同伴」。

無論是冰。
還是土。
不管是雷。
或是炎。
抑或是風。
『星靈從這顆星球的現象中誕生。集齊所有星靈，也代表集齊星球的所有現象——亦即星球的一切記憶。』
蒐集這顆星球的所有現象、所有記憶——
等全部收集齊後，才終於能化為與星之災難一戰的力量。
『克洛，就是這樣嘍。』
天帝露出淘氣的笑容，用手指戳了戳克洛斯威爾的側腹。
『從對話的走向看來，你應該知道要由誰來接下這份差事吧？』
「……可惡！居然一副理所當然的模樣，把這種前所未聞的重要任務推給我。」
他搔了搔後腦勺。
在深深呼出一口氣後，黑髮青年重新打量起眼前的結晶。
黑色結晶。

他看著宛如巨大獸牙般的尖銳前端——

「我有事相求。」

他轉身面對星之民們。

「維持石頭的樣子沒辦法帶著走，可以把這塊結晶打造成劍嗎？」

『劍？』

「是啊。若要與星之災難交手，總需要武器吧？」

如此這般——

全世界最為巨大的星靈能量結晶，以長劍的外觀重獲新生。

黑色星劍。

能吸收各種星靈能量積蓄其中，是具有長劍外觀的「容器」。

同樣的武器造不出第二把。

「我自認明白這件事有多嚴重，我會盡力去辦。」

克洛斯威爾從長老手中接過黑色星劍——

七十年前的回憶就此斷絕。

＝

燈之星靈術逐漸消失。

這並非希絲蓓爾發動的星靈術。這道光芒來自坐鎮於伊思卡等人面前的石頭。

黑色星靈結晶。

能將所有星靈能量化為結晶的這顆石頭，想必也灌注了「燈」之星靈同伴的能量吧。

「——哦哦，原來如此。」

在一片寂靜的房間裡。

璃灑一臉恍然大悟似的點了點頭。

「畢竟咱也對小伊的劍不怎麼了解呢。天帝陛下也只對咱說過：『妳總有一天會知道。』小伊呀，既然懷抱這麼大的祕密，怎麼從來沒對咱透露個一兩句呢？」

「璃、璃灑小姐，您誤會了，我也從來沒聽說過呀！」

面對露出賊笑窺探自己的璃灑，伊思卡連忙揮動雙手否認。

他從未自師父口中聽說過星劍的來歷。

……可是，我若是站在師父的立場，或許也會這麼做。

……因為內情的規模實在過於龐大。

他自己一直為了帝國和皇廳的和平而戰。

倘若僅限於這場戰爭，用不著說出這樣的祕密。假如只是要與星靈使交戰，那麼星劍只要是一把「能斬斷星靈的劍」就足夠了。

要道出真相還為之過早。

師父和天帝想必都這麼判斷吧。

……可是現在局勢變了。帝國和皇廳已經無暇開戰了。

……因為誕生了星之災難和魔女伊莉蒂雅這樣的威脅。

來到真正需要星劍力量的局面。

所以才挑在「現在」公開真相。

況且——

伊思卡認為，自己至今的奮鬥並不是一場空。

藉由在戰場上與星靈使交手，使得星劍記住各種星靈現象。

為了議和與皇廳交戰的過程——

在伊思卡自己沒能察覺的狀況下，和「蒐集所有星靈」的目的聯繫在一起。

「啊，對了。既然如此……」

兩把星劍並排在地。

伊思卡指著白色星劍，轉向長老詢問：

「剛剛的話題都只提到黑色星劍，能請您也說說白色星劍的事嗎？」

『白色星劍？』

「是的。白色星劍是否也有重要的意義呢？」

『…………這個嘛……』

長老沉默一會兒。

他筆直地凝視自己的臉孔——

『沒有。』

「沒有！」

『最為重要的，便是讓它記住星靈的現象。白色星劍只是稍微解放積蓄在黑色星劍之中的力量。亦即消耗累積的力量罷了。』

「不過，為什麼要打造成這種能力呢？」

『是克洛拜託我的。』

長老蹲了下來。

他同時拿起伊思卡放在地上的兩把星劍。

『他對我說過：「為了阻止乾姊姊，我希望能稍微借用黑色星劍積蓄的力量。」星劍固然很重要，揮舞星劍的人類也很重要，所以我准許了。』

「……原來有這樣的背景啊。」

星劍一共有兩把。

分別為黑色和白色。而這兩種顏色確實都有其意義。

色彩三原色——將所有顏色聚集在一起，就會變為黑色。

光之三原色——將所有光芒聚集在一起，就會變為白色。

染成黑色的星劍，是匯聚所有星靈現象的象徵。

染成白色的星劍，則是以星靈光芒的形式重現現象的象徵。

前者是封印星之災難的殺手鐧。

後者是守護劍士本身的殺手鐧。

「好啦……時間也差不多了。再說冥小姐差不多要等得不耐煩了。」

璃灑取出通訊機。

她確認顯示在螢幕上的現在時間——

「小伊，你還有問題想問嗎？」

「我……」

「我有問題。」

在場的視線同時聚集到一處。

那便是舉起一隻手的琪辛。

「我已明白伊思卡擁有的星劍能對星之災難和魔女奏效。既然如此，那麼多打造幾把不是更方便嗎？」

『————』

「不能打造第二把星劍嗎？」

『辦不到。』

長老指著臺座上的黑色結晶。

『那太小了，而且純度也太低了。』

果然不行嗎……

璃灑和伊思卡雖然暗自點頭，月亮公主並沒有就此罷休。

「不需要擁有同等的性能也無妨，大小也不必與伊思卡的星劍看齊。這是**由我使用**的武器，所以打造成匕首大小的複製品即可。」

「琪辛！妳在說什麼呀！」

愛麗絲轉過身子。

她迄今都默不作聲，一副愁眉不展的模樣，但在聽到琪辛的發言後，似乎終於回過神來。

「妳要一把星劍？妳到底在想什麼呀！」

「當然是打倒伊莉蒂雅的殺手鐧了。」

當事人琪辛紋絲不動。

她的視線未曾看向咄咄逼人的愛麗絲，而是持續凝視星之民們——

「求求您了。」

『……如果是小型的刃器，或許還做得出來。給我一個晚上吧。』

「感謝您。」

黑髮少女以正坐的姿勢深深一鞠躬。

「我的事情辦完了。」

「這出乎意料的提案，咱看得很開心喔，琪辛公主。好啦，愛麗絲公主、希絲蓓爾公主，兩位還有問題嗎？」

「……沒有。」

「……我也沒有問題。」

露家姊妹同時搖了搖頭。

仔細想想——在「燈」重現過去的光景後，這對姊妹就像變了個人似的安靜下來，而且還露出憂心忡忡的神情。

發生什麼事了嗎？

在伊思卡問出口之前，站起身子的愛麗絲已經調轉腳步。

「回去報告狀況吧。燐還在營地等我們呢。」

夜晚造訪卡塔力斯科汙染地——

Chapter.5　「以快樂結局來說未免過於苦澀」

卡塔力斯科汙染地——

這片溼地充斥令人反胃的惡臭，以及宛如沙漠的灼熱大氣。眾人在碩果僅存的陸地上設置營地，度過一晚——

「愛麗絲大人，您還好嗎？」

帳篷外頭。

劈啪作響、火星四濺的營火，朦朧地照亮燐的臉孔。

「是因為惡臭的關係睡不好覺嗎？」

「……這也是原因之一，但主要還是因為本小姐想思考一些事。」

愛麗絲弓著背，擺出抱膝而坐的姿勢。

她悄悄溜出帳篷，像這樣正在凝視眼前的營火。

睡不著。

她自己也知道，在聖域從星之民口中聽到**那件事**的那一瞬起，腦袋就進入某種層面上的清醒狀態。

「……老實說，小的一直很在意愛麗絲大人和希絲蓓爾大人的狀況。」

燐走到營火旁。

「您們二位回來的時候，臉上的表情並不好看……是從那個叫星之民的口中聽到什麼壞消息了嗎？」

「和本小姐白天說得一樣喔。」

「喔，是和帝國劍士的星劍有關的故事吧。」

燐露出苦笑。

「小的聽聞那段過往後，反倒放下盤踞在心中已久的疑念呢。畢竟那把劍和帝國的武器系統顯得格格不入。」

「…………」

不是的。

自己一直在思考的，是關於那把星劍應當要打倒的對象。

「本小姐之所以一直在思考，是因為打造星劍應當的原因。」

「是那個叫災難的東西嗎？」

「是呀。燐，妳在聽過星之民的解說後有何感想？」

「……這個嘛。」

燐斂起嘴角。

「就個人的信念來說，小的總是認為眼見為憑。聽聞踏足的大地深處底下沉睡著驚天動地的怪物……只會覺得那是古老神話，或是小孩子胡亂杜撰的故事。」

「妳不相信嗎？」

「……老實說是不想相信。」

燐就地蹲下，拾起腳邊的枯枝。

她將枯枝扔進劈啪作響的火堆。

「小的只相信親眼所見之物，然後**迄今已經見識過三次**人類變成非人之物的瞬間。」

第一次，是太陽的碧索沃茲變身為魔女。

第二次，是帝國的瘋狂科學家化為墮天使。

第三次，則自然就是伊莉蒂雅的驟變了。

「其中讓小的最感震驚的，果然還是伊莉蒂雅大人。若是沒有那種天災一般的存在，難以解釋那位大人何以變成那種詭譎可怖的樣貌。」

「燐認為應該要打倒那樣的災難嗎？」

「這是當然。」

隨從有力地點了點頭。

除了認定「那是應當擊倒的存在之外」，這句話也是燐在展現「我也已做好與之一戰的覺悟」的心態吧。

「只要看到這片卡塔力斯科汙染地的慘狀，就沒有放任星之災難的選擇。小的認為，那是比帝國更加明確的威脅。不過，不想再看到伊莉蒂雅大人那樣的例子出現，也是我的理由之一。」

「燐。」

來坐這邊。

坐在地上的愛麗絲指著自己身旁，對燐沉默地招了招手。

「妳說得很正確。而正因為妳說得對，本小姐才想找妳商量內心的煩惱。」

「請您儘管開口。」

燐來到她的身旁坐下。

待她坐定後——

「災難是必須擊倒的對象。可是在前去討伐之前，有必要做好某種覺悟。妳認為那是什麼怎樣的覺悟？」

「……是人類(我等)方可能會為此犧牲嗎？」

「這也是其中之一。不過本小姐現在煩惱的並非如此。」

「是前往星之深處的方法嗎？如果那個星之民說的話可信，只要找到大小足以讓人類通過的星脈噴泉──」

「皇廳會就此消滅。」

聽到自己宣告的未來──

坐在身旁的隨從，想必一時之間還沒反應過來吧。

「…………咦？」

「燐。」

愛麗絲露出幽幽的微微苦笑。

她將手伸向嘴巴半張、凝視著自己的隨從，輕柔地撫摸她的頭髮，仰望深夜的天空。

「聽本小姐說些未來的事吧。關於擊倒災難之後的事。」

＝

與此同時──

位於卡塔力斯科汙染地遙遠北方的星脈噴泉「太陽航道」。

抵達此地的太陽見到——

「這什麼呀？只是一個普通的大洞而已吧？」

紅髮少女碧索沃茲窺探在地面開出的大洞。

裡頭是光線無法照穿的漆黑。

若是白晝時分，或許多少能看清楚洞穴內部的狀況；不巧現在還是清晨，此時太陽才剛剛從遙遠的地平線緩緩升起。

「所謂的星脈噴泉，就是會噴出星靈能量的洞。既然如此，洞裡面應該要閃爍五顏六色的光芒才對吧，當家？」

「哈哈！那是星脈噴泉現蹤後幾週內才會有的景象喔。」

塔里斯曼當家站在碧索沃茲身旁。

他從大衣口袋裡取出一支大型手電筒。

「這座星脈噴泉在將近一百年前現蹤，通過這裡的星靈們，應該早就在地面各分東西了。所以，這次探險必須攜帶手電筒。」

「讓人家點亮星炎如何？不會熄滅喔？」

「為防萬一，我希望妳能保留自己的力量。別擔心，不過是『區區』地下三十萬公尺罷了。

只要往下一跳，很快就會到了喔。」

對著三十萬公尺的高度往下跳。

飛機航行的高度已有一萬公尺高，他卻宣稱要對著三十倍之多的深度「**往下跳**」。

對於一般人來說，這想必是匪夷所思的行動。然而聚集在此的，乃星靈使的王族，以及麾下的精銳部隊。

——風之星靈能調整下墜的速度。

——而太陽也具備能將風之星靈強化到極限的手段。

光輝的星靈。

米潔曦比公主的別名為「行走的星脈噴泉」。她具備能讓其他人的星靈強化至純血種水準的能力。

「真是個良辰吉時。」

塔里斯曼瞥了手錶一眼。

「只要再過三十分鐘，太陽就會完全升起，屆時這個大洞的能見度應該也會變得高一些。在那之後，我們就要正式開始地底旅行了。米吉，妳覺得如何？」

「遵照您的吩咐。」

米潔曦比笑著呼出白色吐息。

即使天空昏暗，她那頭招牌的琉璃色頭髮仍舊閃耀著美麗的光芒。

「……話說回來，叔父大人。我可否問個問題？」

「是什麼問題呢？」

「順著這處星脈噴泉前進，就能先伊莉蒂雅一步抵達星之中樞。儘管我也明白此事的重要性，在找到災難之後——」

米潔曦比凝視當家。

「叔父大人打算如何處置那個災難？」

「我只會想研究它呢。那可是這顆星球最為巨大的存在，我打算鑽研個徹底。」

當家以開朗的口吻回應：

「看來我的本質不適合做個當家，而是適合去做研究呢。」

沒錯。

過去，這名男子向伊思卡揭露星靈術時曾如此說過：

「爲了讓波動轉換成物理能量，我花了六年開發相關術式；花了八年學會相關技術；而爲了抵達這個領域，又花了我整整十三年的時間。合計差不多花了三十年——因爲我很笨拙啊。」

「若想抵達究極的境界，就必須有瘋狂的執念。」

他人難以理解的研究欲——

正是休朵拉當家塔里斯曼的本質。而這也可說是他和八大使徒決定性的不同。

八大使徒打算「利用」星之災難。

塔里斯曼則想「澈底研究」星之災難。

「說起來，星之災難究竟從何而來？」

塔里斯曼仰望天空。

「從天上掉下來？還是源自於地底的變異個體？我也想確認它是否擁有智力。若是擁有智力，我等說不定能找出馴養它的辦法。」

「……真是符合叔父大人的作風。」

米潔曦比露出苦笑。

當家（塔里斯曼）的哲學——「打倒敵人的乃是愚者，馴服敵人的才是賢者」。

「那麼對叔父大人來說，最理想的狀況並非擊敗星之災難，而是將其馴化為強大的家犬（寵物）來使喚嗎？」

「是呀。但有一件事很重要。」

金髮壯漢忽然露出嚴肅的神情。

他看起來要讓米潔曦比和碧索沃茲看清楚似的，豎起一根手指。

「無論馴化是否可行，**都不該打倒星之災難**。」

「咦？」

「嗯嗯？當家，那是什麼意思？」

兩名少女同時睜圓雙眼。

塔里斯曼面對這麼做的她們，伸手指向地面——

「妳們回想一下，星靈是因為害怕盤踞在星之中樞的災難，才會逃往地面。那麼災難一旦消失，又會發生什麼事？」

「既然沒了威脅，星靈應該就會返回星之中樞？」

碧索沃茲回答。

然而，當家像是在催促米潔曦比一般，朝她點了點頭。

「米吉，妳看得到下一階段的『未來』嗎？」

「……您說未來嗎？」

「沒錯。打倒災難後，星靈會開始大遷徙。原本散布在地表、上空和這顆星球各處角落的星靈們，想必會同時往中樞歸去吧。**寄宿在人類身上的星靈也不例外**。」

「唔！難道說！」

琉璃色頭髮的公主驀地瞠大雙眼。

「所有星靈使都會失去力量嗎！」

「沒錯，米吉。這世上所有星靈使都會失去星靈，涅比利斯皇廳很快就會迎來衰敗期吧。」

始祖、王族和所有星靈使都會變得無力。

因為失去星靈的他們，就會變回「普通人」。

「……這可不是開玩笑。」

太陽公主呼出混濁的白色吐息，然後握緊拳頭。

難以忍受。

對於星靈使來說，星靈無異於象徵自己是天選之人的證明。

在星靈的庇護下，皇廳逐步繁榮至今。失去星靈的後果，遠比破產還要來得可怕許多。

變回無力的人類，絕非能一笑置之的情況。

「……我同意叔父大人的想法。」

米潔曦比咬緊下唇，壓低音量這麼說：

「我十分理解，不得打倒星之災難這句話的意義了。」

「就是如此。一旦星之災難消失，所有星靈使都會失去力量。我等必須守護災難才行。」

塔里斯曼轉頭看去。

他凝視從地平線緩緩升起的朝陽——

「擁有力量之人，才能守護更多對象。要捨棄這份力量可不容易啊。」

星球授予的力量。

放眼整個皇廳，想必沒有任何人會歡天喜地地捨棄這份力量吧。

「災難不該被擊敗——眾人早晚會發現這樣的事實吧。」

＝

「……一旦擊敗災難，星靈使就不再是星靈使。」

火星伴隨著劈啪聲響四處飛濺。

在營火的照耀下，燐的嘴唇不只失去血色，甚至變得鐵青。

「這……等同於涅比利斯皇廳會就此滅亡……」

她嘶啞的聲音幾不可聞。

燐如此明顯地展露自己動搖的反應，恐怕是出生以來頭一遭吧。

「……非常抱歉，愛麗絲大人……小的竟然沒察覺此事……」

「不，燐。這只是時間早晚的問題。」

面對垂首致歉的隨從，愛麗絲搖了搖頭。

這不是在為她打氣。

任誰總有一天都會察覺吧，就連星之民的居住地也不例外。只是自己和希絲蓓爾早一步發現罷了。至於琪辛，則似乎完全沒有注意到的樣子。

這恐怕是因為她已將全副心血灌注在對於伊莉蒂雅的復仇上了。

……在那個當下就有所察覺的，只有本小姐和希絲蓓爾。

……伊思卡他……有星劍的話題在前，應該無暇思索此事吧。

正因為身為星靈使，才能早一步察覺。

打倒災難之後的未來──

隨著災難消失，星靈想必會回歸星之中樞。

寄宿在人類身上的星靈也不例外，失去星靈的星靈使會失去力量。當然，那樣的狀況應該是循序漸進，而非一朝一夕之間發生的事。

「本小姐就是放心不下。」

她仰望飛濺的火星。

無數火焰雖然接連竄上半空，很快就被夜風一把抹去。這樣的下場，似乎讓愛麗絲聯想到星靈使的未來。

名為星靈使的存在，最終會變得一個也不留。

「一旦消滅災難，星靈使便會消失。星靈使一旦消失，皇廳這個國家也會隨之衰敗，或許還會落得滅國的結局。」

「怎麼會！」

「……是否該不惜承擔這一切，也要打倒災難？本小姐一時之間給不出回答呢。」

她給不出一個明確的答案。

……如果是「交換」。

……那會是多麼容易的選擇呀。

像是以自己一人的星靈作為代價，換得世界的和平。

她對這樣的選擇不會有絲毫猶豫。若是失去自己的星靈便能換得全世界的幸福未來，那她肯定義無反顧。

然而現實上——

卻是不管怎麼選擇，都會變得不幸。

假如不打倒災難，星球就會毀滅。

倘若打倒災難，皇廳就會毀滅。

前者當然不是選項。

自己很清楚事態的嚴重性，而燐應該也一樣吧。儘管如此，世上真的有人能毫不在乎地選擇後者嗎？

對於星靈使來說，這樣的二選一實在過於殘酷。

「我們已經不會有幸福的未來——……唔，是誰！」

她只是偶然有所察覺。

從火堆竄起的火星被風一吹，無巧不巧地照亮了帳篷的方向。而在那一瞬間，她看到人影的輪廓。

「是誰在那裡！」

她像是彈簧一般站起身子。

剛才的對話被偷聽到了？

「如果不出面，本小姐就要過去——」

「知、知道了！」

腳步聲朝營火接近。

看到被火光照亮的黑髮少年，愛麗絲不自覺倒抽一口氣。

「……伊思卡？」

＝

有人溜出帳篷。

伊思卡察覺到這樣的氣息，所以才會走出帳篷。由於聽到營火旁邊有交談聲，他才會朝著該處接近罷了。

「……我沒打算要偷聽。」

他舉起雙手。

伊思卡對著臉色僵硬的愛麗絲和燐繼續說：

「我知道有人溜出帳篷，所以才會來查看那個人是誰……不過……」

「你聽到了吧？」

「……那個……」

「不管是有心還是湊巧，你如果聽見本小姐說話的內容，就從實招來。」

愛麗絲甚至沒有眨眼。

她的雙眼綻放比火堆更為強烈的光芒，其氣勢之強，彷彿要將伊思卡貫穿。

不會讓你蒙混過去。

然後比起銳利的眼神，伊思卡更害怕因為撒謊而失去她對自己的信任。

「……我聽到了。但只有剛剛湊近時聽見的一小部分。」

「這樣啊。你有何感想？」

儘管被詢問感想。

對於並非星靈使的伊思卡來說，那終究是他從未設想過的未來之事。

「愛麗絲，妳生氣了？」

「本小姐沒有生氣。」

「……但妳的眼神和語氣都很可怕。」

「我只是在認真講事情！」

「……我知道了。那我就實話實說吧。」

伊思卡來回看著氣到聳起肩膀的愛麗絲，以及朝著自己瞪了過來的燐──

他將視線投向半空。

「我……滿腦子都在想星劍的事，所以不像愛麗絲那樣能放眼未來。所以當我聽到愛麗絲和燐交談的內容時，我真的吃了一驚，不過隨即也接受了這樣的可能性。可是，因為我不是星靈使，所以沒有更進一步的感想。」

「你不打算深入思考嗎？」

「因為我認為，這個話題就算想破頭也得不出答案啊。」

伊思卡從凝視自己的愛麗絲和燐的眼前橫穿而過——

在火堆旁蹲了下來。

「我會打倒災難。就算愛麗絲會變得不再是星靈使，我也會這麼做。雖然不曉得那是幾天後還是幾十年後的事，我對此不感興趣。」

「……是因為你對本小姐沒興趣嗎？」

「剛好相反。」

「相反？」

他對著回問的愛麗絲——

「因為就算沒了星靈，愛麗絲也還是愛麗絲吧？」

——簡短地如此回覆。

「燐。」

「……怎麼了？」

「要是愛麗絲不再是星靈使了，燐會因此不做愛麗絲的隨從嗎？」

「嗄？我？我哪可能不幹啊！」

燐反射性地回話，卻在說到一半的時候訝異地睜大眼睛。

就是這麼回事。

就算失去星靈，雙方的立場也不會改變。

「不、不過，帝國劍士！這是因為你身為帝國人，才會有這種想法。你根本不了解我們星靈使失去星靈，會多麼地痛苦難受！」

「那是當然。畢竟我不只沒有可以失去的東西，**從一開始就是一無所有**。」

「……！」

「所以我得出的結論是——」

「伊思卡。」

一瞬間。

金髮公主這麼開口的一瞬間，除此之外的「聲音」都靜止下來。

無論是火堆的劈啪聲。

還是吹得讓人起雞皮疙瘩的風聲。

所有聲響都消失無蹤，只聽得見愛麗絲的嗓音。

「你能發誓自己剛才說的話都是真心的嗎？」

這麼詢問的公主雙眸晃蕩。

「就算作為擊敗災難的代價……本小姐失去了星靈……在你眼裡……本小姐還是原來的那個我嗎……？」

「那還用──」

這時，色彩繽紛的光芒劃過夜空。

紅色、藍色、黃色、綠色……

以漆黑的夜空作為背景，七彩光芒高高升起的奇觀宛如煙火，但那並不是火藥，而是淡淡星靈能量綻放的光芒。

「是從聖域出現的？」

光芒來自星之民居處的方向。

這代表位於聖域的星靈衝向了天空？

「……這現象是怎麼回事？」

就在燐抬頭仰望的時候，漆黑的天空逐漸變得明亮。數百、數千之多的星靈們揮開夜色，將天空染上宛如白晝的明亮光彩。

然而，**這是為何**？

為何要飛上天空？

「喂～這鬧騰的狀況是怎麼回事？是在大半夜辦起了電子遊行不成？」

冥搔著後腦勺，從後方的帳篷現身。

而她身旁還有璃灑的身影。

「小璃灑，麻煩解釋一下。」

「請去詢問比咱更清楚的專家。所以說，琪辛公主。這是怎麼回事？看在妳眼裡，這是什麼樣的狀況？」

「————」

月亮公主凝視點綴天空的星靈。

「看起來非常害怕。」

啪唰……

深紅色沼澤的水面漾出波紋。

那是比泡泡更為巨大的波紋。

這不禁讓人認為，有東西即將從沼澤底部現身。

「阿伊！」

「怎、怎麼回事！這片天空發生什麼事了！」

米司蜜絲隊長、音音，以及陣。

由三人護衛的希絲蓓爾也離開帳篷跑了過來——

「別過來！**這裡有異物！**」

伊思卡發出怒吼制止四人的行動。

就像在呼應他的吶喊似的，冥不發一語地以電光石火之勢蹬地衝出。她在轉瞬間從自己的眼前橫穿而過，在移動的同時順手撿起柴薪。

冥用力舉起點了火的柴薪。

「哈！來者是何方神聖呀！」

她對著沼澤水面——

對著星靈光芒沒能照亮的暗處扔去。

……咻！

柴薪連同火光一同消滅。

然而在火焰碎裂的那一瞬間，確實照映出浮上水面的怪物身影。

那是發出詭譎光芒，「有著人類上半身」的怪物。

『————』

怪物有著鮮血色的上半身，下半身則長著蛇一般的觸手。

雖然頭部呈圓狀，卻沒有絲毫起伏。只有看似雙眼的部位無光地向下凹陷，看不出牠究竟看向何處。

怪物的胸口像是太陽一般，閃爍著金黃色的圖案。

關於這頭怪物——

伊莉蒂雅這麼稱呼：

「虛構星靈！」

這麼吶喊的愛麗絲，和燐同時向後抽退。

她們早已親身體驗過。

由星之災難創造的這種怪物，是多麼危險的敵人。

「虛構星靈？哦，就是傳聞中的那個玩意兒啊。」

冥俯視逐漸接近陸地的怪物，同時露出冷笑。

「還真是一頭設計風格走火入魔的怪物呢。呃……海之虛構星靈會反射星靈術，地之虛構星靈會反彈子彈來著……所以呢？小璃灑，這傢伙是哪一隻？」

「兩隻都不是喔。」

「嗄？」

「看來還有其他亞種呢。喏，妳看牠胸口的圖案。不管是海之虛構星靈還是地之虛構星靈，牠們的胸口都沒有那種太陽一般的圖案。」

「看來就是太陽的虛構星靈了吧？對人家來說沒差就是了。」

「冥小姐，您要是輕忽大意，您肉身的設計風格可就會變得七零八落喔。」

「才不會讓牠得逞咧～」

冥露出尖銳的虎牙冷笑道。

和過去與琪辛展開死鬥時相同，她展露出野獸般的眼神。

「小璃灑就去另一邊吧。人家來處理這傢伙。」

「嗯？另一邊的意思是？」

「誰說過**虛構星靈只有這一隻**了？」

「唔！」

冥喊出的這句話，使得在場所有人都倒抽一口氣。

「畢竟星靈是從聖域竄出來的啊。在那邊派出一隻，然後在這邊部署一隻，就能對聖域來個內外夾攻不是嗎？」

「……冥小姐的直覺總是很準呢。」

璃灑露出苦笑。

「那咱們就暫時撤出戰場啦。米司蜜絲，咱們走。」

「人家也要去嗎！」

「只靠咱一個人的力量，沒辦法擺平另一隻虛構星靈啦。動作快，要是星之民有什麼三長兩短，陛下會生氣。」

分頭出擊。

一邊是由冥指揮的戰場，另一邊則是由璃灑指揮的戰場。

「對了，小伊思卡就待在人家這邊吧。偶爾也一起戰鬥吧。」

冥為雙手戴上手套。

她像是在確認觸感似的，手掌一張一握。

「反正你也不是人家的部下，愛怎麼打就怎麼打吧。」

「我也是這麼打算。」

伊思卡點了點頭，也拔出兩把星劍。

「還不曉得牠有什麼樣的特性。冥小姐，交手之初請別離牠太近。」

「好咧。」

浮現太陽圖案的虛構星靈，宛如巨蛇般扭動尾巴攀上陸地。

對牠全身掃視一眼後——

「哦？」

冥以其他人都聽不見的音量說：

「看來不是虛有其表的提線木偶嘛？」

——

同一時間——

在遙遠的北方。

陽光照耀星脈噴泉「太陽航道」。

原本被黑色油漆塗滿一般的黑色大洞，沐浴了來自天上的光芒後，緩緩地顯現出它的全貌。

「……說是這麼說，但也只看到長在洞穴側面的青苔罷了，沒什麼特別之處呀，當家。」

「哈哈！碧索沃茲，這正是最重要的部分喔。」

當家塔里斯曼站在大洞邊緣，以意氣昂揚的神情窺探正下方。

宛如深淵般的洞穴，搞不好真的與其他世界相連——他俯視不禁給人這般錯覺的深洞。

「這類星脈噴泉有時會被巨大的生物占據為巢。雖然實際遭遇的情況相當少見就是了。」

「像是龍一類的生物嗎？」

「光是知道沒變成那類生物的地盤，就已經大有收穫。雖然是杞人憂天，聰明的小伊莉蒂雅也可能在這裡安排了保鏢。」

他打了個響指。

那是向在場眾人傳達展開旅程的信號。

「開始進行地底之旅吧。好啦，讓我們享受這趟刺激而愉快的旅程吧。」

『——能讓我一同參與嗎？』

唰！

聽到從星脈噴泉內側湧出的話聲，立於地表的所有人都迸出一股難以言喻的惡寒。

那是一道黑色的氣流。

自大洞底部突然竄出的黑色氣流，在太陽的精銳部隊眼前盤旋起來，然後逐漸凝縮成型。

「……這個聲音是！所有人拉開距離！」

米潔曦比咂嘴一聲。

十餘名精銳部隊聽從公主的號令，同時向後方退去。

『唉呀？各位看起來似乎非常害怕呢。』

黑色氣流驀地驟變，化為有如女神般美麗的女子。

帶有波浪捲的長髮，乃是混有金色光芒的翡翠色。

她端正的容貌相當美麗，黑色的婚紗裙底下可以窺見一對會讓人目不轉睛的豐滿雙峰。

「……伊莉蒂雅。」

「早安，米潔曦比公主。好久不見了呢。」

伊莉蒂雅・露・涅比利斯九世。

擁有魔性美貌的公主，以豔麗的唇瓣輕輕一笑。

「我也想前往這顆星球的最深處，所以盯上了這條通道呢。結果才在這裡待上不久，就聽到你們的聲音了呢。」

「妳已經不打算隱藏了呢。」

「隱藏？妳在說什麼呢？」

伊莉蒂雅感到疑惑似的偏過頭。

這裝傻的動作甚至讓人覺得瞠目結舌。

現在的伊莉蒂雅並沒有透過傳送的手法現身。眼前的妖嬈肉體只是假象，剛才那陣黑霧才是她真正的身體。

「早啊，小伊莉蒂雅。看來我們的默契真的很好呢。」

塔里斯曼當家爽朗地舉起一隻手問候。

就像與舊識重逢一般。

「妳看起來神采飛揚，真是再好不過了。看來月亮的勢力已經無法對妳構成威脅了。」

「唉呀，您怎麼這麼說話呢。」

伊莉蒂雅像是受到打擊似的搖搖頭。

「我豈有不將他們放在眼裡……畢竟我可是對親愛的月亮諸位下了手，悲傷的情緒險些將我逼瘋了呢。」

「哦，是我失言了。」

「……也因此，現在的我更是痛徹心扉……啊啊……」

她以一隻手掐住自己豐滿的胸部。

同時以混雜了陶醉和傷悲的眼神，環視太陽眾人──

「竟然不得不對親愛的太陽出手，這是多麼讓人心痛。」

對此。

當家只一臉有趣地輕聲一笑。

「妳沒忍住笑聲喔？」

「哎呀，是我失禮了。」

伊莉蒂雅大方地展露笑容。

悲天憫人的表情只是在逢場作戲。這喜上眉梢的憐憫笑容，才是這名魔女真正的本性──想必不會有人對這樣的說法提出異議。

「我最後就說出一個真心話吧。我原本希望帝國軍能代替我出戰，和塔里斯曼卿打個兩敗俱傷呢。」

「哦？這是為何？」

「因為**您很可怕**呀。」

「哎呀，我不懂妳在說什麼呢。」

「哈哈！您真有趣。」

魔女為之一笑。

極度的興奮之情讓她紅著臉頰，語氣也變得輕快起來。

「我們在這方面真的很相像呢。」

在世界的極北之地——

魔女和太陽的舞蹈就此揭幕。

Chapter.6 「筆墨難以形容的惡意們」

1

如同發射數千枚煙火般。

從聖域向上飛竄的光芒，將漆黑的夜空布滿刺眼的強光。

在這道光芒底下——

擁有宛如太陽般圖案的怪物，緩緩接近陸地。

波紋隨著「啪唰啪唰」的聲響產生，怪物則半浮在水上前進——

「作戰時間，七秒鐘解決！」

冥的大嗓門將沼澤吼出漣漪。

「人家和小伊思卡負責狩獵那傢伙，其餘人員死守星之民！完畢！」

「了——」

「我不要。」

就在點頭同意的璃瀧面前，黑髮公主出言打岔。

「我也要和伊思卡在一起。」

「啥？魔女小姐，妳在唱什麼反調啊？妳都已經向帝國投降了，就該——」

轟！

就在冥對著琪辛大吼時，深紅色水花從她前方的沼澤竄起——

太陽的虛構星靈已經來了。

「唔！」

在冥準備應戰、伊思卡出聲之前，幾乎兩公尺高的巨大怪物，就這麼逼近到距離冥不到數十公分的位置。

是瞬間傳送嗎？

怪物的瞬發力之強，甚至讓人產生這種錯覺。

『——』

巨人張開雙臂，像是剪刀般交錯起左右雙臂。

冥的身體會被一分為二，噴出鮮血倒臥在地——任誰都想像了那樣的光景吧。

「冥小姐！」

「快點去！只有小璃瀧認識那些星之民對吧？」

冥落地。

虛構星靈雖然揮出剪刀一般的雙臂，她似乎也用超人般的反應力向後退開了。

而她的腹部——

像是被雷射灼燒過似的留下銳利的斷面，將衣服俐落地剪斷。而顯露出來的腹肌，則留下一道橫向的紅色擦傷。

只是淺淺地劃過，只有薄薄的一層皮被傷到而已。

要是再稍微加深個幾公分，就算強大如冥，其內臟肯定也會連同腹肌一同遭到斬斷。

「喂，還不快走！」

「小伊，要和冥小姐努力抗敵喔！」

璃瀧迅速轉過身子。

正因為親眼看到命懸一線的攻防，璃瀧才會對冥的提議照單全收。

——在敵人面前開作戰會議絕對是愚蠢之舉。

剛剛能驚險地躲開奇襲，也是基於冥超人般的專注力才辦得到的絕技。璃瀧判斷，不需要提出無謂的反駁害她分心。

『……*vequs* ■■。』

虛構星靈發出某種聲響。

還來不及思考那是未知的語言還是野獸的吼叫，宛如大蛇一般的尾巴便高高地朝半空舉起。

牠做出猶如蛇昂首吐信的舉動，瞄準地面的獵物砸落尾巴。

而這道軌跡瞄準的是——

「是我！」

攻擊對象並不是冥。

率先襲擊冥、看似只瞄準冥一人的怪物，就像表示先前的舉動全是虛晃一招似的，朝著伊思卡砸落巨大的尾巴。

來不及閃避了。

他擺出架勢，試圖以星劍接下這一招。他的頭頂上方驀地傳來昆蟲展翅般的大量氣息。

「棘。」

回應琪辛的命令——

數百枚黑色荊棘接連刺中虛構星靈的尾巴。消滅物質——荊棘刺中的尾巴被開出無數大洞。

『唔！』

鮮血色的怪物在發出怪叫的同時收起尾巴。

看到牠的反應，琪辛依舊面露嚴肅地指向後方——星之民居住地所在的方向。

「我的荊棘似乎能派上用場，其他幾位請去另一邊吧。」

「真的嗎？」

愛麗絲回頭凝視琪辛。

「……琪辛，本小姐可以相信妳嗎？」

「雖然不懂妳懷疑我的理由為何，我必須幫得上伊思卡才行。這是我們之間的約定。」

「————」

愛麗絲不發一語地調轉腳步。

她追著衝向星之民居住地的璃灑而去，而燐和希絲蓓爾也隨後跟上。

「阿伊，要小心喔！」

米司蜜絲隊長、音音和陣也同樣邁步離去。

然而，伊思卡沒有餘力目送他們的背影。

「冥小姐，請止血。」

「嗯？奇怪，還真的啊。人家原本打算完全閃避呢。」

冥將視線專注在虛構星靈身上的同時，觸碰自己的腹部。

——幾乎沒能察覺的銳利切傷。

她並沒有感覺到疼痛。虛構星靈的雙臂宛如剃刀般銳利，若不是親手觸碰傷口，甚至完全無法察覺。

「話說魔女小姐也打算留在這裡嗎？搞不好會被人家的流彈打中喔？」

「妳很礙事。」

「嗄？妳說什──」

「既然荊棘能奏效，那馬上就能結束了。」

公主張開雙手。

「消失吧。」

棘之純血種琪辛──數萬枚象徵她無堅不摧之力的荊棘憑空產生，覆蓋住夜晚的天空。

無處可逃。

太陽虛構星靈的四個方向，都傾注了火網般的荊棘。

『──────喔喔！』

怪物發出慘叫。

遭荊棘刺中的部位接連消滅，留下千瘡百孔的大洞。怪物的身體像是被橡皮擦擦去的筆跡般，即使牠揮舞手臂保護頭部，手臂也在被荊棘扎中後緩緩消失。

尾巴。

雙臂。

軀體。

就在琪辛用盡所有荊棘的瞬間，鮮血色的巨人也隨之倒地不起。

巨人殘餘的部位，只有胸部以上的軀體。牠的下半身和雙臂已經完全消滅，別說是戰鬥了，就連起身都辦不到。

——分出勝負了。

實在過於迅速且乾脆。

伊思卡不禁再次感受到琪辛有多麼強大。

若沒有星劍一類的特殊手段進行反制，帝國軍就算派出一個中隊，在琪辛的荊棘面前也只能坐以待斃吧。

「伊思卡，我派上用場了嗎？」

「蠢貨，哪有派上用場啊。人家出場的機會到哪兒去了？」

氣呼呼地——

冥露出錯愕的神情，看似無奈地朝遠方嘆了口氣。

「喂，小姐。虛構星靈裡不乏能反彈星靈術的類型，要是小姐的荊棘被彈回來，妳打算怎麼辦啊？」

「所以我才瞄準尾巴，確認這件事。」

琪辛打了個響指。

殘留在她周遭的荊棘是為了抵消用。這隻虛構星靈若是擁有反射星靈術的特性，她應該會以剩下的荊棘抵禦那些反彈的荊棘。

「只要奏效，就會火力全開。叔父大人便是這麼教導——」

「等等，琪辛！」

伊思卡打斷她的發言。

「別把荊棘收回去！」

「咦？」

■■……■■■■……■■……■■■……

『*Ies……orb……mihhya……lement*。』

只剩下上半身的巨人——

位在胸口的太陽圖案閃爍了幾下之後，下半身便開始復原。

就像從樹墩冒出新芽一般，牠的雙肩長出手臂，上身的腰際再生出下半身和尾巴。

「咦……咦……？」

不過短短數秒。

就在還沒反應過來的琪辛眼前，太陽虛構星靈已經完全恢復成原本的樣貌。

「琪辛！用棘！」

「唔！」

琪辛將雙手向前打直。

一瞬之前的從容已不復見。她倉皇地發出尖銳的喊聲，對著荊棘下令：

「展開！」

怪物的拳頭猛力砸下。

拳頭撞上琪辛在千鈞一髮展開的荊棘，就此消滅——正當這麼想時，下一瞬間**消滅的手臂立即復原了**。

「……什麼！」

用以守護琪辛的荊棘已一個都不剩。

太陽虛構星靈瞄準毫無防備的少女，舉起剛復原完畢的拳頭，再次揮向她的腦袋。

已經沒有防禦的手段了。

「琪辛，趴下！」

伊思卡如此大吼的同時，以全力蹬地衝出。

他朝著琪辛和拳頭之間的縫隙衝去，以黑色星劍由下而上揮出一記斜劈。

要趕上啊。

看似能輕易將人類少女打成肉泥的怪物之拳——驀地拐了個彎。

那個拳頭朝自己砸了過來。

——背上瞬間發涼！

不只拳頭而已。

巨人的頭部轉了半圈，朝自己這側看了過來。

……牠的目標不是琪辛。

……打從一開始就瞄準我（這邊）嗎！

他使出渾身解數用力扭身，硬生生轉了半圈。怪物的拳頭貫穿虛空——伊思卡頭部原本所在的位置。要是反應再晚個一瞬，他頸部以上的部位恐怕就會直接消失吧。

伊思卡以錯身而過的姿勢鑽進怪物懷中。

「喝！」

他舉起星劍向上一刺。

瞄準的自然是**太陽的圖案**。在怪物復原的瞬間，他確實看到圖案閃爍起來。

……如果這是核心。

……那麼只要破壞這個圖案，應該就沒辦法復原了吧！

他以星劍一劍刺穿。

劍尖分毫不差地貫穿虛構星靈。

然而，伊思卡命中的並非圖案，而是虛構星靈為了守護圖案而主動伸出的左臂。

「唔！」

星劍拔不出來。

虛構星靈的左手彷彿觸手般伸長而來，以遭星劍貫穿的狀態纏住刀刃。

——像是在說**給我**一般。

牠以極為強大的力量試圖奪劍。

「……**原來是這麼回事嗎！**」

伊思卡明白了。

這隻怪物發起襲擊的動機就是星劍。星劍的原料——黑色星靈結晶，目前還留在星之民的居住地。

所以居住地肯定也遭到了虛構星靈的攻擊。

「這不是個好機會嗎？小伊思卡，就這樣壓制住牠喲。」

聲音從後方傳來——

「暴嵐荒廢之王。」

冥扛在背上的隱形光學迷彩兵器，隨著正式運作而現出原貌。

那是閃耀深灰色光芒的巨大砲臺。

——電控型36管機砲「暴嵐荒廢之王」。

這是每秒能射出一千發子彈的船艦兵器，為帝國軍用以對付星靈使的殺手鐧。這只機砲能貫穿各種星靈使製造的屏障，是一支最強的矛。

「太陽圖案是弱點吧？我說得沒錯吧？」

女使徒聖淺淺地露出犬齒一笑。

看起來雖然如同貓兒一般可愛，同時散發出猶如獅子一般的強烈殺氣。

「拜拜。」

如同驟降風暴的渾號所示。

讓人聯想到狂風般的火網，全數傾注在深紅色的虛構星靈身上。緊抓著星劍不放的怪物，其毫無防備的後背遭到數千發子彈的猛擊。

連同太陽的圖案——

不出五秒，其上半身已被轟得灰飛湮滅。

甚至沒給牠發出慘叫的時間。

「好咧。示範給妳看嘍，小姐。居然留下那種明顯到不行的弱點，妳還是太嫩了。」

「——」

「居然把人家當空氣！」

「我並肩作戰的對象只有伊思卡一人。只要我的荊棘能展露出敵方的特性，那就達成主要目的了。」

她似乎沒打算和冥對上視線的樣子。

琪辛看似不悅地轉開臉龐，拍打裙襬以抖落沙土。

「都是妳開槍的關係，裙子都沾到沙塵了。這件衣服可是叔父大人託付給我的重要物品。」

「啊～少囉嗦。」

琪辛的低喃讓冥搔了搔頭。

「小伊思卡，咱們去和另一側會合吧。照這個樣子看來，星之民的居住地大概也有一兩隻在鬧事吧。」

「贊成。我也這麼——」

唰！

就在這時，伊思卡、冥和琪辛的背部同時竄過一道惡寒。

■■……■■■■……■■……■■■……

『*Ies……orb……mihhya……lement*。』

無法判讀的詛咒。

聲音來自上半身被轟飛的怪物。牠的下半身就像在拍打翅膀一般持續抖動，而且這樣的震動還織起詭異的詛咒聲響。

「……喂。」

冥轉頭看去。

她的嘴角顯露出前所未見的乾澀笑容。

「這是在開玩笑吧？人家可是把太陽圖案整個轟爛了啊。」

就在冥吞著口水凝視的當下——

微微顫抖的下半身斷面，正逐漸重新長出上半身。

太陽圖案復原，頭部再次顯現。

完全恢復的過程大約僅僅七秒，實在過於快速。

……冥小姐和我的判斷都出錯了。

……這傢伙的太陽圖案該不會根本不是弱點吧？

難道說——

太陽的虛構星靈能無窮無盡地再生嗎？

「胸口的太陽圖案，**硬要說的話**，或許能歸類為弱點。」

琪辛向後退去。

她攤開雙手，展開新的荊棘同時說：

「當那個圖案在時，復原的時間為五秒；當圖案不見時，恢復大概需要七秒——復原速度確實有快慢之分。」

「這種研究有意義嗎……唉～真的很麻煩耶。」

冥咂嘴一聲。

她看似有些惱怒，然後又帶了些焦躁的情緒。

「該拿這傢伙怎麼辦啊？牠該不會是不死之身或不滅的存在吧？」

＝

「不覺得太陽是復活的象徵嗎？」

太陽自地平線昇起。

用背部沐浴陽光的妖嬈魔女，以陶醉的語氣這麼說。她對著以太陽作為家徽的休朵拉家成員開口說：

「即使夜晚來臨時會失去光輝，隔日早晨卻必然會升起。這便是世上最美麗的復活——」

「唔嗯，妳的真心話是？」

「唉呀，真不好意思。我並沒有要揶揄休朵拉家各位的意思。」

伊莉蒂雅輕聲嬌笑。

她吊起豔麗的唇瓣，抖動的肩膀讓豐滿的胸部搖晃得如同起舞一般。

「若事情僅限於此，那我所說便與此事無關……儘管如此，未必完全不合時宜呢。特別是塔里斯曼卿，對於打算解析星靈並窮究星靈術的您，我打從心底十分尊敬。」

「那還真是萬萬不敢當。」

將白西裝穿得筆挺的壯漢，僅是回覆充滿紳士風度的微笑。

「我總認為自己遠遠比不上妳的睿智呢。」

「呵呵！不過就是我積累下來的學養罷了……在皇廳裡，我只是個寄宿了弱小星靈的公主，無人試圖找出我真正的價值。」

「妳的語氣相當從容呢。」

塔里斯曼聳了聳肩。

「願意講出深藏已久的自卑心態，可見現在的妳確實寄宿了相當美妙的力量。」

「並非如此。」

魔女笑了出來。

她毫不掩飾因興奮而變得紅潤的臉頰。

「變強是接下來的事呢。只要和『*La Selah Milah Uls*（拉・賽拉・米拉・烏魯斯）』——星之災難接觸，它肯定會分給我更多、更多的力量。」

「妳想要足以改變世界的力量嗎？」

「是的。」

伊莉蒂雅露出甜美的笑容點了點頭。

她背對高昇的太陽，誇張地張開雙臂。

「我打算毀滅帝國和皇廳，打造弱小星靈使可以棲身的真正樂園。」

「這種點子真是符合妳的作風。不過——」

塔里斯曼偏了偏頭。

「該怎麼說呢，在我看來——」

『公主大人，夢話就請您在夢鄉裡實現吧！』

嬌笑聲響徹四周。

這個說話聲，來自享受與塔里斯曼對話的伊莉蒂雅後方。

「唔——」

『我已經聽膩妳說的話啦！』

碧索沃茲的手掌一把掐住魔女伊莉蒂雅的額頭。

魔女碧索沃茲——少女的頭髮變得有如金屬般堅硬，肌膚也變得如同水母般呈半透明。她從高空瞄準魔女伊莉蒂雅並急速降落。

『燒起來吧！』

紫羅蘭色的火焰驀地炸開。

碧索沃茲掐住的伊莉蒂雅臉龐先是被火焰灼燒，火勢隨即延燒到她全身上下，開出巨大的火焰之花。

——星炎。

雖然看似炎之星靈術，其真面目乃是高密度的塊狀能量。這道火焰不會被寒風吹熄，而會永遠地燃燒下去……理應如此才對。

「唉呀，真痛呢。」

火焰花瓣驀地迸散。

這並非由碧索沃茲主動收回，而是遭到火焰包覆的魔女伊莉蒂雅僅僅做了個「到那邊去」的揮趕手勢，星炎就隨之撲滅。

『啊啊，煩死人了！』

看到星炎被驅散的光景，碧索沃茲用力咂嘴一聲。

『所以我才不想和這種怪物交手嘛……』

「唉呀，妳這種說法，可是會讓我受傷的喲。」

魔女伊莉蒂雅的微笑絲毫未變。

理應被星炎灼燒過的臉龐和全身，沒有留下一點燒傷。

沒錯。

這幅光景恰恰印證了雙方的實力差距。雖然雙方都在瘋狂科學家的實驗下化成魔女——

兩人可說是方向截然不同的失敗作品。

魔女碧索沃茲，是無法適應災難之力的失敗作品。

魔女伊莉蒂雅，則是「過於適應」災難之力的失敗作品。

因此，碧索沃茲心知肚明。

這個過於優秀的失敗作品究竟是多麼危險的存在。

『妳真的讓人很火大耶！』

碧索沃茲舉起雙手。

她的雙手點起紫羅蘭色的火焰，再次朝著伊莉蒂雅疾射而出。

這是貨真價實的最強火力。

然而——

「我們不是同類嗎？」

即使沐浴在火焰之中，魔女伊莉蒂雅依舊安然無恙地站立。

她甚至將紫羅蘭色的火星當成淋浴一場熱水澡似的，露出享受的神情。

「我和妳的力量系出同源，所以妳應該傷不了我才對吧？」

『哈！這種事得試了才知道！大白痴！』

碧索沃茲露出猙獰的笑容。

『當家，就是這麼一回事喔。』

星炎分割了開來。

就像大海被一分為二一般，熊熊燃燒的火焰從中敞開，身穿白西裝的壯漢朝著伊莉蒂雅衝了出去。

火焰只是障眼法。

真正的攻擊是——

「是您！」

「小伊莉蒂雅，妳被力量蒙蔽雙眼了呢。」

若是以前那個身為第一公主的她，想必只要一秒鐘就能看穿這種聲東擊西的作戰吧。

她自認為自己成為了舉世無雙的強者。

這份從容削弱了伊莉蒂雅的觀察力。

——暴虐的塔里斯曼。

以波動星靈產生的無形力學能量。

名為塔里斯曼的這名男子經歷長年的修練後，終於研發出讓波動轉換為物理加速度的術式。

以驚人速度踏出的這一步——

看在魔女伊莉蒂雅眼裡，只會覺得「塔里斯曼消失了」。

「咦？」

「我在這裡喔。」

他繞到了後方。

塔里斯曼的這一踏，甚至在地面上留下腳印。他繞到魔女伊莉蒂雅背部後，便以蓄滿波動的拳頭朝側腹部刺去。

不對，拳頭**沉進了**她的腹部。

……啪唰！

理當貫穿腹肌、擊碎內臟的拳頭，感受到冰冷的液狀觸感。假如要比喻，就像用拳頭擊打大量石油時感受到的反饋。

「這是……！」

「哈哈！被您摸到肚子了呢。」

腹部被拳頭刺入的伊莉蒂雅，就這麼轉過身子。

她將右手伸向塔里斯曼——

「作為回禮，就讓我也觸摸您吧……嗯？唉呀？」

伸出的手臂撲了個空。

魔女伊莉蒂雅的肉體已不是人類。察覺到物理攻擊無法奏效後，這名當家便迅速選擇退後。

「唔嗯……基本上都還在預測範圍之內啊……」

塔里斯曼凝視自己的拳頭。

剛才整隻手掌沉入伊莉蒂雅腹部的拳頭，此時理所當然似的連一滴血液都沒附著在上頭。

「化為魔女之人，其肉體構造大都會有所改變。而根據變化的結果，我這種以打擊作為主力的類型，確實有可能變得無法奏效。」

這是因為雙方極不對盤。

塔里斯曼將大部分的星靈能量都轉化為物理能量。

而碧索沃茲的力量和魔女伊莉蒂雅系出同源。

只靠這兩人無法擊敗魔女伊莉蒂雅。為此——

「換妳上場了，米潔曦比。」

「就讓妳見識這世上最為高貴的力量吧。」

美麗的少女任由琉璃色長髮隨風飄揚，然後張開雙手。

她額頭上的星紋發出燦爛的光芒——

「光輝。」

轟——彷彿火焰燃燒的聲響響起。

米潔曦比散發的光芒，宛如聖光一般從背後照耀著她左右的精銳部隊。

「……這就是光輝！」

魔女伊莉蒂雅的肩膀微顫。

她面露出警戒的神態。

對上塔里斯曼和碧索沃茲都常保從容的魔女，在米潔曦比公主發動星靈術的瞬間驀地睜大雙眼。

就像在表明**不妙**似的。

「我們的軍隊，開火！」

彷彿能劈開大地的雷擊——

彷彿能凍結大氣的寒風——

彷彿能灼燒天際的烈火——

各自增幅到極限的「雷」、「冰」、「炎」星靈術，將魔女伊莉蒂雅的視野染成眼花撩亂的彩色，並且貫穿了她的防禦。

「————唔唔！」

魔女慘叫。

那絕非虛張聲勢，而是基於疼痛和恐懼產生，發自內心的慘叫。

光芒碎裂開來。

增幅到極致的三發星靈術，將魔女伊莉蒂雅轟成碎屑。

「米吉，可別輕忽大意了。就算做到這種地步，也不見得能消滅她。」

塔里斯曼站在烈焰中說：

「不過，妳做得很好，奏效的程度超乎了我的想像。果然對於小伊莉蒂雅而言，妳的『光輝』如同一種劇毒。」

「這都是拜叔父大人爭取時間所賜。畢竟我要灌注力量，必須花不少時間。」

米潔曦比公主輕拍左右兩旁的士兵背部。

「要是那個女人現身，就立即對她開火。放心，現在的你們擁有與王族同等的力量。」

「遵命！」

五名精兵以米潔曦比為中心，有條不紊地整隊。

他們已經不是單純的「士兵」。沐浴在米潔曦比光芒下的他們，儼然已經化身成實力不遜於始祖後裔的「拂曉軍隊」。

——俗稱「行走的星脈噴泉」。

米潔曦比是**能增幅星靈能量的星靈使**。

然後對於魔女伊莉蒂雅來說，星靈能量宛如毒藥。

就像星劍辦到過得一樣，只要是提升到極致的星靈能量和星靈術，其威力就足以傷到災難和魔女。

「是呀……這下子……真的得把妳視為威脅了呢。」

魔女伊莉蒂雅的聲音響徹四周。

濃紫色的氣流緩緩盤旋交會，塑出一名美麗女子的外觀。

「米潔曦比公主，對我來說，妳是這世上唯二的天敵呢。一個是握有星劍的他，一個是能增幅星靈能量的妳。」

「我可沒有心情和妳閒話家常。」

果然還活著。

米潔曦比伸出手指，指著復原的魔女。

「開火！」

炎、雷、冰、衝擊、土——能與五名純血種匹敵的五名「拂曉軍隊」成員，使出威力極強的星靈術——

「唉呀，還真可怕呢。」

啪！

伴隨一聲乾澀的聲響，五發星靈術全數被抹消殆盡。

她用手撢開了星靈術。

這樣的事實讓米潔曦比以為自己產生了幻覺。

「…………………咦…………？」

「真可惜呢，米潔曦比公主。如果妳強化的對象不是這些蝦兵蟹將，而是**純血種一類的對**

象，那我還會更加焦躁一些呢。」

用手掌撢開五發星靈術後──

魔女伊莉蒂雅用那隻手指了過來。

「除了妳以外的純血種，就只有塔里斯曼卿一人而已，這真是遺憾到無以復加。塔里斯曼卿的能力和我極不對盤，因此即使強化了，也毫無意義呢。」

「……怎麼會！」

米潔曦比的喉嚨迸出嘶啞的喊聲。

「什麼叫做我是天敵……妳明明就這麼老神在在……！」

「我是說真的喔？現在的我最討厭星靈能量了，是水火不容的關係呢。可是很遺憾，這之間存在威力的差距。」

伊莉蒂雅攤開雙手。

擺出托天般的姿勢──

「如果將我的火焰比喻為火燒山一般的規模，那妳身旁的士兵們，其星靈能量大概就只有一勺湯匙的大小。憑藉這點能耐，根本無法消除我的火焰。」

「……什麼！」

「不過，假如妳強化純血種，那樣的水量可能會變成一桶水──不對，或許會變得更多呢。

所以——」

肉體變化。

原本美麗如女神的公主產生變化。通透的雪白肌膚和柔亮的長髮，都逐漸轉化為帶有透明感的灰黑色。

『**我絕對不會饒過妳**。』

擁有人類外型的影子怪物。

看到她脫胎換骨的模樣，太陽的所有人都愕然地瞠大雙眼。

「……該死的怪物！」

由於變化得過於劇烈，休朵拉家的成員們齊聲發出慘叫。

這便是伊莉蒂雅真正的姿態。

宛如女神般的美貌已不復見，如今變成名副其實的怪物。

碧索沃茲向後退去，米潔曦比啞口無言，就連塔里斯曼當家都露出狼狽的神情。

「這就是毀滅了月亮的姿態嗎。各位，提高警——」

『就讓你們聆聽星之鎮魂曲吧。』

寂靜遍布周遭。

能改變世界的災難咒語（歌聲）。

這首歌具備超越人類聽力範疇的靈能波長，就算塞住耳朵或被銅牆鐵壁包覆，也能穿透一切的防禦襲擊而來。

這世上的任何物質都無法防禦的「摧心」之歌。

所以——

『沒有盾牌是能守護心靈的喲。』

真正的魔女笑盈盈地俯視下方，此時已經無人站立在地。

全軍覆沒。

就像月亮的精銳部隊體驗過的那般，太陽的軍隊也無能為力地倒臥在地。

而他們再無醒來的機會。

『好啦，約海姆應該已經等得不耐煩了吧。』

魔女伊莉蒂雅轉過身子。

她朝著通往星之中樞的星脈噴泉跨出一步又一步——

……喀哩……

她的身後。

理應倒地不起的塔里斯曼，其指尖像是在摩擦地面似的抽搐了一下。

2

卡塔力斯科汙染地。

在遍布深紅色沼澤的溼地，槍聲宛如風暴般轟隆作響。

「……嘖！這傢伙實在很棘手！」

冥扛著原本用於艦艇的巨大機槍。

空蕩蕩的彈殼則七零八落地掉在她腳邊。循著數千發落地的彈殼向前看去，能看到一個千瘡百孔的巨人。

那是被無數子彈打穿身體的太陽虛構星靈。

『……■■』

巨人站起身子。

與此同時，原本被打出無數洞孔的尾巴復原如初，被刨成絲狀的手臂也像沒事發生過一般連結、癒合。

「到底得開多少洞才能幹掉這玩意兒啊！」

轟！

太陽虛構星靈縱身一跳。牠將宛如巨蛇般盤起的下半身當成彈簧，如火箭般氣勢洶洶地逼近而來。

「唔！別過來！」

琪辛擺出架勢，將數百枚荊棘刺向虛構星靈。

然而鮮血色的巨人沒有停下。即使被荊棘刺中的肉體遭到消滅，牠也在**被削掉的同時復原**，然後衝上前來。

「——怎麼會！」

「退後！」

伊思卡向琪辛發出怒吼，反朝著虛構星靈跨出步伐。

『***hyles mihas***【太陽綻放】。』

虛構星靈的右腕被烈焰包覆。

熊熊燃燒的火焰迸散開來，隨即化為閃耀著紅蓮光芒的戰槌。

「唔！」

伊思卡緊急煞車，朝著旁側一跳。

紅蓮戰槌從伊思卡的眼前驚險劃過，其力道之強，甚至削斷了他的頭髮捲上天際。要是沒有踏穩腳步，伊思卡肯定已經被砸成肉泥了。

……沒辦法靠近。

……果然，**這傢伙只對我的星劍有興趣！**

冥的子彈和琪辛的荊棘，牠都沒放在眼裡。

「雖然只是推測，牠被你星劍砍到的部位，似乎無法復原。」

琪辛向後退去。

新的荊棘隨即在她的頭頂上重振旗鼓。

「我會試著再次消滅牠。雖然仍有復原的可能，能暫時絆住牠的動作。你趁機用星劍——」

「不可能。」

連同彈殼一同踏平地面的腳步聲。

冥扛著暴嵐荒廢之王，用下顎比了比虛構星靈。

「小姐，妳沒發現嗎？」

「咦？」

「無論是人家的子彈還是妳的荊棘，**都變得越來越難削除了**。」

「……啊！」

琪辛睜大閃耀光芒的雙眼，同時發出驚呼聲。

聽到冥的指謫，琪辛想必也心裡有底。月亮公主仰望太陽虛構星靈，看似焦慮地咬緊下唇。

「……有了抗性。」

「每復原一次，就會變得更為堅硬。所以人家才說這傢伙很棘手。」

冥搔了搔後腦勺。

「只要還有一點碎片，就有辦法復原嗎……真是失策，要是一開始就用上『嵐』，就能把牠消滅殆盡了。都怪我一開始捨不得，結果連子彈都剩沒多少了。話說回來，小伊思卡。這傢伙是不是一直在瞄著你打啊？」

「我想是這樣沒錯。」

「理由呢？是那把劍嗎？」

「應該是吧。」

「這可就難辦了呢。那麼果然還是讓小伊思卡——……嘖！」

話說到一半，冥便擺出備戰姿勢。

因為太陽虛構星靈高高舉起紅蓮戰槌。

距離太遠了。

就算戰槌再怎麼巨大，在那個距離揮舞也只會撕裂空氣罷了。伊思卡三人明顯站在牠的攻擊距離之外。

正因為如此，冥才會格外警戒。

虛構星靈之所以舉起戰槌，並不是為了擣碎敵人，而是出於不同的——

『唔唔唔唔！』

鮮血色的巨人將戰槌重重地砸向地面。

——創星「由火焰誕生的原始風景」。

紅蓮戰槌迸散四濺，並且噴出讓人難以呼吸的灼燙熱浪以及數以萬計的火星。

是打算延燒火勢嗎？

就在擺出備戰姿勢的伊思卡和冥抬頭觀察的同時，火星宛如噴泉一般浮上半空，隨即在地面上構築出正方形的牆壁。

簡直就像包圍己方似的。

……是炎之結界嗎？

……為了不讓我們逃跑？不對，是為了能確實奪走星劍？

「好燙！這到底有幾千度啊！」

接近炎之牆的冥慌慌張張地抽回手掌。

這是能將觸碰到的一切物體化為灰燼的超高熱火牆。如今這道牆壁已經遮蔽己方的頭頂上方和四周。

「天花板開始往下降了。」

「妳說什麼！」

聽到琪辛的這句話，伊思卡反射性地看向頭頂。

火焰天花板覆蓋住天空。

由於天花板持續噴發火星，無法看得很清楚，然而確實就如同琪辛所言，火牆的壓迫感正逐漸增強。

「四周的牆壁也是，正朝著我們收緊。」

冥進一步大步後退，躲避來自前後左右的火牆。

緊縮的速度相當緩慢，大約是一秒一公分左右的步調，但火焰確實正逼近而來。而且隨著火牆逐漸收攏，結界內的溫度也不斷攀升。

……這不是單純的包圍網。

……這道結界本身，就具備足以殲滅我們的凶悍殺傷力！

在火焰延燒到己方身上之前，就是他們的剩餘時間。

——沒時間了。

被結界封閉的三人同時察覺到這點，並且採取了行動。

「星靈擴張。」

琪辛指向虛構星靈。

她將在頭上盤旋的數千枚荊棘加以分化——

「化為星星吧。」

所有的荊棘宛如流星雨，勢不可擋地傾注而下。

虛構星靈的外殼雖接二連三被削掉，鮮血色的巨人儘管身體遭到刨切，依然宛如岩石一般文風不動。

……滋！

穩如泰山的巨人，僅僅將視線朝著旁側看去。

牠追著自己在一旁迂迴的行動。

「唔！」

緊急煞車。

就在伊思卡打算衝進懷中的瞬間，卻被牠挫了氣勢。這隻怪物既不關心子彈，也不關注荊棘──牠依舊只注視著星劍。

……畢竟牠只要一直躲著我就行了。

……距離炎之結界完全收攏還有兩分鐘？還是剩下一分鐘？

擅長的領域太不對盤了。

假如愛麗絲在場，她的寒風應該能夠對抗這道炎之結界吧。或者若是燐在場，她或許能透過土之星靈術挖掘地面，藉以逃到結界外側。

如今在場的三人──

伊思卡的星劍受到澈底的警戒。

面對冥和琪辛的攻擊，牠都各自有復原的手段；而且冥還有子彈數量的限制。

……不對。

……**各自有復原的手段**？

他腦中閃過一個靈感。

不對，是回想起來。

想必在場眾人都曾一度想到這個方法，卻不得不自行捨棄。能突破眼下局面的方法，就只有一個。

「嘖……牆壁的速度又加快了。」

「沒時間了，冥小姐。我長話短說。」

冥毫不掩飾地咂嘴一聲，而伊思卡則將星劍的劍尖對準虛構星靈。

「已經沒時間了，我們要在三十秒內打倒它，不然我們都會被燒死。」

「好啊，所以——」

「麻煩您合作。」

「嗯？不不不，人家打從一開始就打算合作啊？」

「我說的不是自己。」

自己的後方——

伊思卡以能讓黑髮少女也聽見的音量繼續說：

「**請琪辛和冥小姐合作戰鬥**。如此一來，就能凌駕牠復原的速度。」

「啥！」

「我們需要能澈底消滅牠的火力，而我不能算數。」

「不不不，小伊思卡。你等一下啊！」

冥愣愣地半張著嘴。

「開什麼玩笑，要人家和魔女合作？人家光是讓這個小姐活著，就已經是史上最大的讓步了，你居然……！」

「現在已經不是意氣用事的時候了。」

……牠徹底避免與我交戰。

……必須在沒有星劍的狀況下，憑藉純粹的破壞力超越牠的復原速度。

他朝著旁側一瞥。

只見月亮公主已經來到自己身邊。

「伊思卡……就算是你的命令，我也……」

「妳不能原諒的是哪一方？」

「咦？」

「是要和帝國軍在短時間內合作戰鬥，還是因為拒絕而敗在伊莉蒂雅的手下？妳無法原諒的是哪一方？」

「……唔！」

「剩下的就交給妳決定了。」

伊思卡拋下公主，逕自瞄準虛構星靈蹬地衝出。

他沒有等待對方的答覆。

剩餘的時間甚至不容許他多浪費一秒。只要能砍中一刀就行，能成功攻擊一次就行。只要能進入星劍的攻擊範圍，自己就還有出招的餘地。

『*fuse*【監牢】。』

「唔！」

伊思卡察覺到頭上傳來氣息，於是抬頭一看。

只見天花板的結界瞄準伊思卡，射下數十根火柱。

火焰打造的柵欄。

燃燒的火柱化為伊思卡和虛構星靈之間的屏障（路障），接連刺中地面。

「礙事！」

伊思卡揮出斜劈砍倒火焰監牢，自火焰和火焰的龜裂直衝而出。

然而——就在伊思卡停下腳步的瞬間，虛構星靈再次朝著後方退去。就算想拉近距離，火柱也接連化為屏障落下。

這是無法縮短距離的追逐戰。

而在遙遠的後方，少女發出賭上性命的怒吼：

「……解放！荊棘之龍！」

巨大的氣息傳來。

那是琪辛將召喚出來的荊棘匯聚起來，以「無腳巨龍」的姿態顯現的結果。

「吞噬殆盡吧！」

荊棘之龍騰空飛起。

牠從伊思卡的身後繞到眼前，宛如啃食般將擋路的火之監牢全數消滅，並進一步咬住後方的虛構星靈。

『————喔喔喔！』

怪物發出慘叫。

然後雙方相互消滅了。耗盡能量的荊棘之龍逐漸消失，在地面上被巨龍啃咬的虛構星靈則被削去了右半身。

「………嗚……啊……我暫時……用盡力氣了………」

月亮公主精疲力竭。

她猛喘著氣，無力地雙膝跪地。

「……派上用場……」

「妳幫了大忙！」

荊棘之龍開出通道。

原本擋在前方的火柱悉數遭到消滅，前方則能看見失去半身的虛構星靈倒地不起。

將牠逼入絕境了。

最後一步。就在伊思卡即將踏入攻擊距離的瞬間——

『喔！』

太陽虛構星靈跳了起來。

即使失去了右半身，牠仍舊把勉強保有原型的尾巴當成彈簧，跳到逼近結界天花板的高度。

——倒數計時。

從四方逼近的火牆，已經來到琪辛的正後方。

而少女則耗盡力氣，身體動彈不得。

假如追著虛構星靈往上跳，琪辛想必會被火焰吞噬，為此伊思卡必須停下腳步前去協助。虛構星靈就是預見這一點，才會向上跳躍——

「就讓人家幫你上一課，讓你明白『驟降風暴』這個渾號是怎麼來的吧。」

湊巧的是，這段宣言——

過去曾對棘之魔女（琪辛）說過。

現在則不同。

這一瞬間，僅限此時此刻，未來將不復發生——「驟降風暴」的子彈避開魔女，朝著後方的目標擊發而出。

「暴嵐荒廢之王，把牠打得連渣都不剩吧。」

子彈形成了風暴。

裝填在電控型36管機砲的子彈全數擊發，形成遠遠超過火網概念的銀色風暴，朝著逃往空中的巨人傾注而去。

琪辛沒能削掉的半身，被片甲不留地摧毀殆盡。

在子彈打光之後。

最後留下的太陽圖案——

「結束了。」

被冥投擲的軍用小刀貫穿。

就連死前的慘叫，也被轟隆作響的槍聲回音抹去。

太陽虛構星靈澈底遭到消滅了。

荊棘與子彈的雙重砲火。

這個瞬間，正是絕大的殲滅力凌駕等同於不滅的恢復力。

3

「唉～心情糟透了！」

冥撿起落在地上的小刀。

她露出責難的眼神仰望結界已然消失的天空。

「居然不得不救助魔女，你可別和小璃灑打小報告喔？」

「我明白了。」

伊思卡揹起倒在地上的琪辛，緩緩地站起身子。

「我們前往星之民的居住地，和其他人會合吧。」

「真沒辦法……實在有夠麻煩的。這下根本沒空休息嘛。」

雖然嘴上嘟囔，冥仍舊打頭陣向前邁步。

大概是因為自己正揹著琪辛，冥才會主動攬下探路的角色吧。

「原來冥小姐對部下很體貼呢。」

「嗯？人家不管何時都是個溫柔的上司喔？」

冥以理所當然的口吻回應。

「人家對帝國軍可是很溫柔的，因為咱們是同伴呀。小伊思卡不也是如此嗎？」

「……的確。」

「皇廳就不一樣了對吧？」

這句話──

應該是朝著自己背上的琪辛投來的吧。

「人家可清楚了。所謂的皇廳，便是透過王族之間的爭鬥來決定下一任女王。每一支王族都有自己的部隊，總是進行派閥鬥爭，我沒說錯吧？」

「…………確實如此。」

「真是空虛呢。」

「根據叔父大人的說法，這是我們注定的命運。」

從背後抓住自己的琪辛，此時「叩」的一聲將額頭抵在背部。

「叔父說：『王族皆透過相互鬥爭而有所成長。不只月亮，就連星星和太陽也不例外。』」

然而──

在場的三人不得而知。

就在同一時刻，一場前所未見、遠遠超乎冥和月亮公主口中「派閥鬥爭」的王族殊死戰，此時正來到最高峰——

═══

魔女伊莉蒂雅的「星之鎮魂曲」。

其最大的威脅之處，在於使用任何手段都無法防禦。

塞住耳朵的行為自不用說，就算用厚重的頭盔包覆頭部或是躲在戰車之中，甚或是藏身在銅牆鐵壁的要塞也毫無意義。歌聲會滲透各式各樣的牆壁發起侵略。

另一項威脅則是「摧毀心靈」。

光是一個音節，就能讓所向無敵的強者陷入無法抵抗的昏睡。對於伊莉蒂雅來說，這是能擺平全人類的最強咒文。

理應如此。

『……唉呀，您設了什麼圈套呀？』

宛如漆黑影子一般的怪物。

這名魔女此時首次微微露出狼狽的神情。

『假面卿和月亮的部隊都無從抵抗，我在帝國軍的基地也讓數十名帝國兵沉沉睡去。他們無力倒下的模樣，甚至讓人感到滑稽呢。』

「────」

『難道是我的歌聲沒傳遞過去嗎？』

「────」

作為回應，粗魯的呼吸聲傳來。

太陽的團隊毫無反抗之力地倒下了。其中只有三人──不對，這三人**都**以滿身泥濘的姿態緩緩起身。

塔里斯曼當家。

米潔曦比公主。

魔女碧索沃茲。

實際上，魔女伊莉蒂雅也設想過，只有碧索沃茲「有可能還站得起來」。

注入了相同力量的魔女同伴。

既然使出災難之力，倘若是同為魔女的她，確實有可能具備抗性。

另外兩人則讓她百思不解了。

『您為何還能起身？以您的作風看來，想必藏了某些祕密吧？』

「……祕密……嗎……」

塔里斯曼當家按著胸口緩緩起身。

雖然臉上的表情因痛苦而扭曲，他踩在大地上的雙腿相當有力。

「真是可怕的力量。是這世上最為恐怖的侵略之歌……而我得先告訴妳，一直到這一瞬間，我都不曉得妳的武器是歌聲。真是的，我真是準備得不夠充分。我之所以還能起身，只能歸咎於好運。」

『……您說什麼？』

魔女伊莉蒂雅的嗓音混著疑惑。

他並沒有做好防範星之鎮魂曲的準備。既然如此，所謂的好運又是什麼意思？

為什麼他的心靈沒被摧毀？

『假如方便，希望您能揭示一下好運的真面目呢。』

「妳剛剛說過，守護心靈的盾牌並不存在。」

雖然身子前傾、神情暈眩，塔里斯曼當家首次露出好戰的笑容。

他按著自己的胸口說：

「守護心靈的盾牌——其實存在喔。」

『……不會吧！』

魔女伊莉蒂雅看向眼前的兩人。

塔里斯曼當家和米潔曦比公主，這兩者存在某種共通點。

『……星靈！』

「正是如此。唯有我和米吉的星靈偶然地達成了條件。」

星靈和災難是相剋關係。

就像水和火一樣的存在。

面對星之鎮魂歌的災難之力，**理論上**能用星靈對抗。

——現實則不可能。

因為星靈能量總是集中在星紋上。

就像愛麗絲的星紋位於「背部」，琪辛的星紋位於「眼睛」那般。

星靈能量會集中於星紋。

也就是說，能從星之鎮魂曲之中保護的部位，**只有星紋所在的位置**。

「……妳的咒文無孔不入地竄入身子。」

塔里斯曼以單手撩起瀏海。

「我這下明白月亮的精銳部隊全軍覆沒的理由了。受到星靈能量保護的星紋姑且不論，妳的咒文是滲入全身上下發起的猛擊。」

星紋只占身體的一小部位。

而既然魔女伊莉蒂雅的咒文會從全身上下進行侵蝕，那麼包含星靈使在內的所有人類，這一招都必定能命中且擊殺。

理應如此——

『米潔曦比公主，妳果然是我的天敵呢。』

「……好像是這麼回事呢。」

單膝跪地的公主抬起臉龐。

咒文的傷害應該還殘留在體內。單膝跪地的她雖然還無法站起身子，浮現在額頭上的星紋卻發出更為燦爛的光芒。

光輝的星靈——

這個星靈**能將星靈能量增幅到極限**。

不只能授予他人，也能**在米潔曦比本人體內流動**。

「我得感謝自己的星靈呢。她是這世界上最為高貴的力量——」

是光輝的特性。

流經米潔曦比公主全身上下的強大星靈能量，化為阻擋伊莉蒂雅之「歌」的免疫機構。

至於另一人——

「叔父大人，您果然是千錘百煉呢。」

「米吉，這對我來說只是偶然喔。然而，硬要說的話，這確實是星之意志的指引呢。」

當家面露微笑。

沒錯，塔里斯曼的「波濤」也有「強化全身」的效果。

因為他須**將星靈能量纏繞全身**，才能使之轉化為物理能量。

——因此才是天敵。

面對來自全身上下的侵略，月亮毫無反抗之力。

然而太陽就不一樣。雖然並非出於本意，塔里斯曼和米潔曦比的星靈都具備阻擋魔女咒文的抗性。

「哈！伊莉蒂雅，妳現在是什麼心情啊！」

米潔曦比咆哮：

「妳自傲的術式就這樣可笑地遭到破解了喲。妳打算怎麼辦？還有下一招——」

真是無可救藥的大傻瓜。

大氣為之震動。

像是為一名魔女滲出的怒火感到害怕似的。

『你們真的……真的……很傻呢。是這世上最糟糕、最可惡的愚蠢之人……』

「——噫！」

面對她的身影和聲音。

米潔曦比公主出生至今，首次因為恐懼而說不出話來。

這是因為僅由黑影構成的怪物，浮現出深紅色的眸子。宛如充血的紅色眼睛，正惡狠狠地俯視他們。

那冰冷至極的眼神，甚至讓人產生心臟被人掐住的恐怖錯覺。

『為什麼要承受住呢？』

「…………咦？」

『在我擁有的術式中，這首歌是最能溫柔打倒對手的慈悲之術。**都是因為你們承受下來了**，我這下不得不用更為殘虐的手段毀掉你們才行呢。』

魔女伊莉蒂雅的爪子逐漸變長且扭曲。

『想讓你們保持人型沉沉睡去，是基於我的慈悲之心。米潔曦比，妳不僅無法理解，還侮辱了我的行為。所以我不再手下留情了。』

「…………啊……啊啊……？」

說不出話來。

——在內心某處。

——自己（米潔曦比）仍舊認為這是在和星星家的伊莉蒂雅公主交戰。

但這樣的心態是錯誤的。

眼前的並非人類，而是名副其實的災難化身。

『既然心靈沒有毀壞，那就只能把你們的身體弄得亂七八糟了呢？對吧，米潔曦比？』

她終於明白了。

雖然為時已晚，但她知道了。

自己馬上就要壞掉了。

藉由無法想像——充滿慘虐、疼痛、煎熬且恐怖的手段。

『哈哈哈！因為我還不太習慣，說不定會做得太過火呢。女兒這樣的姿態，可不能讓女王大人看見呢。』

大地為之寂靜。

米潔曦比深陷於恐懼的情緒之中，連一根手指都無法動彈。

碧索沃茲也一樣。正因為自己是失敗作品，因此比任何人都明確感受到自己和完成品的差距有多麼懸殊。她說不出話來，就這麼癱坐在地。

毫無抵抗。

要被魔女伊莉蒂雅蹂躪殆盡。兩人打算就此接受這樣的命運——

「妳沉溺在力量之中了呢。」

沙塵揚起。

塔里斯曼當家掠過兩名畏縮不已的少女身旁，朝著魔女伊莉蒂雅發起突擊。

『您這是……？』

看到他的身影——

魔女伊莉蒂雅愣愣地偏了偏頭，彷彿看到好笑的事物一樣。

『這是在守護公主嗎？啊啊，這是多麼熱情的行為啊！不過，那愚蠢的突擊無法阻止我。』

「我當然知道。」

奮不顧身的衝撞。

即使是身材高大的塔里斯曼發起突擊，也無法對魔女伊莉蒂雅的肉體造成物理上的傷害。

只是在她的體表上「啵」的一聲，震出少許漣漪罷了。

「現在的妳確實是讓瘋狂科學家為之恐懼的存在。只要妳有那個念頭，應該就能將世界蹂躪殆盡，所有人類都會恐懼妳。」

『正是如此呢。我就是想成為這樣的魔女。』

「所以瘋狂科學家——」

他以肩膀抵著肩膀，和魔女伊莉蒂雅貼身在一塊兒。

太陽的當家此時高高舉起右手。

「準備了用來阻止妳的殺手鐧。」

……滋！

塔里斯曼揮下拳頭，將某種物體扎在伊莉蒂雅的脖子上。

那是一支針筒。

閃爍淡紫色的液體以針頭為媒介，注入伊莉蒂雅的體內。

『唔唔！』

魔女伊莉蒂雅的雙眼睜成正圓形。

是因為那是未知的液體？

不對。正因為她認得這種液體，才會為之戰慄。

「這是瘋狂科學家從殘留在研究所的災難之力中萃取出來的成分。雖然實驗時以一千倍的比例做了稀釋，小伊莉蒂雅。瘋狂科學家注射在妳身上的濃度似乎是百分之五十一呢。」

魔女碧索沃茲的承受極限為百分之零點零零零二的濃度。

魔女伊莉蒂雅則能承受至百分之五十一的濃度，是相當異常的數值。

比任何人更加親近災難。

因此伊莉蒂雅進化為比任何人都強大的魔女。

然而——

「有句話叫做過猶不及。」

『……不會吧……』

魔女伊莉蒂雅的聲音顫抖著。

是害怕嗎？不對，她的肉體已經開始出現異變。

「這是原液。小伊莉蒂雅，**超過妳能適應的極限**的百分之百萃取物，將會在妳的肉體裡瘋狂地竄動。」

『～～～～～～～嗚嗚！』

「這便是用藥過量。」

魔女伊莉蒂雅的全身上下都微微顫抖。

她沒有多餘的心力去應付眼前的塔里斯曼。她的身子先是向前一傾，隨即就像仰望天空一般張開雙手——

魔女全身上下噴發出無止境的尖叫和黑色氣流。

Epilogue.1 「究竟發生了什麼事？」

天逐漸亮了。

一度竄上高空的星靈光芒在太陽的照射下，此時閃爍光芒落回星靈的故鄉。

在這片魔幻的光景之中。

「呼，總算勝利了呢！伊思卡，你看到了嗎！」

愛麗絲擦去在額頭反射光芒的汗水。

「你那邊是對付太陽的虛構星靈嗎？這邊的因為有月亮圖案，所以應該稱為月亮的虛構星靈吧。牠有產生幻影的特性，就算對幻影發起攻擊，也只會分裂出更多幻影，是個沒辦法輕易開槍或施放星靈術的強敵呢。在無限增生的幻影包圍下，就連本小姐都被逼入絕境……不過本小姐突然靈光一閃！這些幻影，或許和希絲蓓爾的『燈』一樣具有投影效果。既然如此，牠的弱點就是——欸，伊思卡。你有在聽嗎！現在正講到精采的地方耶！」

「……咦？」

他回頭看來。

Epilogue.1　「究竟發生了什麼事？」

「愛麗絲，妳怎麼了？」

「哪還有怎麼了，本小姐正在描述剛才那一仗的豐功偉業呀！」

面對回問的少年，愛麗絲動作誇張地交抱雙臂。

就在他陷入生死之戰的同時——

愛麗絲也和襲擊了居住地的虛構星靈展開一場死鬥。

「接下來才是重頭戲。面對月亮的虛構星靈，本小姐究竟是如何獲勝的呢？那是充滿努力、友情和淚水的一齣逆轉大戲喲！」

「呃……不好意思，我得向米司蜜絲隊長和璃瀧小姐報告才行。」

「那就等你報告完再說吧。」

「妳就這麼想講嗎！」

「…………」

聽到這句話。

愛麗絲對伊思卡投來耐人尋味的眼神。

她看起來相當不滿。

「怎、怎麼了？」

「算了，本小姐沒有話要說了。」

她氣呼呼地別過頭去。

在內心深處，她只不過是在期待對方能稱讚一句：「真不愧是愛麗絲！」不過……

「姊姊大人！」

「……唔咕！」

她的兩邊臉頰被人按住。

犯人是從後方跑來的希絲蓓爾。

「希、希絲蓓爾，妳在做什麼呀！」

「這是我要說的話。說起來，看穿月亮星靈弱點的人是我，察覺幻影的性質與『燈』相近的也是我呀！」

希絲蓓爾將手掌搭在自己的胸口上頭。

「果然妹妹才是這個時代的趨勢！這裡就有個比姊姊更為優秀的妹妹！」

「希絲蓓爾大人。」

在慷慨激昂的希絲蓓爾背後，燐無奈地嘆了口氣。

「您在試圖逃跑之際跌倒在地，率先被月亮的虛構星靈抓住了呢。在命懸一線的時刻，是誰出手救了您呢？」

「……天、天曉得？」

「是愛麗絲大人。假如愛麗絲大人不在場，您早就被踏成肉泥了吧。」

「這、這點小事根本無關緊要！我的活躍確實是事實……陣，我說陣！是這樣沒錯吧！」

「嗄？」

銀髮狙擊手一臉嫌棄地轉頭看來。

「什麼事？」

「我也有所表現了對吧！」

「────」

「為什麼不講話！」

愛麗絲側眼看著這段互動。

她從懷中取出能和皇廳聯繫的小型通訊機。

這處卡塔力斯科汙染地乃是尚未開發的僻壤之地。此地訊號極為微弱，幾乎無法進行通話。

「……女王大人？」

顯示在螢幕上的，是來自女王的未接來電。

而且數量還相當多。大概是因為訊號不佳的關係，大多數的來電都沒有接收到，僅在偶爾通訊正常時一併更新了來電紀錄。

一共有十三通。

都是在這數小時內打來的。從數量和密度看來，女王肯定試圖傳達相當重要的訊息。

……難道是皇廳或是王宮出事了？

……而且還是女王大人多次試圖聯繫本小姐的大事？

究竟發生了什麼事？

「燐。」

「是，請問有何吩咐？」

「在離開這片汙染地之後，我要馬上聯絡女王大人，幫我記住了。」

愛麗絲向隨從這麼說，然後握緊了通訊機。

究竟——

女王打算告訴自己什麼消息？

在半日後——

順利和女王聯絡上的愛麗絲，不自覺懷疑起自己的耳朵。

月亮和太陽。

兩者都**以帝國為目標**進軍了。

Epilogue.2 「大陽」

就在愛麗絲收到女王聯絡的半天前。

大陸的極北之地。
就在通往星之中樞、被命名為太陽航道的大洞前方。
魔女伊莉蒂雅的慘叫聲四下迴蕩。
「————啊啊啊啊！」
由漆黑影子一般構成的肉體逐漸崩落，其體表接連噴出黑色氣流。
她甚至無法保持人類的輪廓。
「…………奏效了……！」
儘管依舊害怕得臉色鐵青，米潔曦比看到眼前的光景，仍舊輕輕地握住拳頭。
那並不是在演戲。
瘋狂科學家的研究是正確的。只要注入超越可承受濃度的力量，那個對於魔女來說，無異於是種劇毒。

然而更讓人嘆為觀止的——

是她的叔父塔里斯曼當家有多麼強大。

按著胸口起身的塔里斯曼當家。

他勉強撐過魔女伊莉蒂雅的咒文。

塔里斯曼踩著**蹣跚**的腳步起身，一直用手按著胸口。無論看在誰的眼裡，應該都像在反映受到咒文洗禮後的痛楚。

可是並非如此。

按住胸口的手掌，並不是為了壓抑加快的心跳。

而是為了掩飾握著針筒的動作。在那個時間點，塔里斯曼就已經將殺手鐧藏於掌心。

「……叔父大人，我打從心底尊敬您。」

「小伊莉蒂雅，災難**並不是妳的同伴**。」

塔里斯曼將空針筒隨手一拋。

他凝視的前方，是已經崩潰得無法保持原形的魔女。她正緩慢地跪倒在地。

「妳雖然極其偶然地具備令人驚訝的抗性，卻也因此輕忽大意了吧？所謂的災難啊，是為萬物帶來平等災難的存在喔。」

『————啊啊！』

從魔女伊莉蒂雅全身噴出的氣流，緩緩地在上空形成渦旋。

宛如繭一般。

米潔曦比憑藉本能明白了眼前上演的光景。

雙方正在爭鬥。

伊莉蒂雅現在不惜捨棄用來維持人型的餘力，也要將全身的力量用來「維持自己的存在」。

儘管承受不住超量的災難之力，面臨崩潰的瞬間，她仍然拚了命地試圖讓自己存活下來。

是消滅，還是存活？

「妳承受不住喔。」

當家毫不留情地給出答案。

「那是從災難之力萃取出來的原液。即使強大如妳，也只會面臨消滅的未來。」

『…………不……對……』

「嗯？」

『……一個人上路……太孤單了！』

咆哮。

黑繭——此刻應為魔女肉身的物體，可怕地噴出細長的手臂。那條手臂宛如觸手般，纏住塔里斯曼的脖子。

「什麼！」

『請您來當我的旅伴（護花使者），一同品嘗絕望的滋味吧！』

被抓住的塔里斯曼——

就這麼不由分說地被拖進由黑色氣流形成的巨繭中。

「叔父大人——！」

米潔曦比雖然伸出手臂，但是為時已晚。塔里斯曼被關進黑色氣流形成的繭中，再也看不見他的身影。

然後——

當家和魔女。

黑繭內部傳來兩人份——像是宣告世界末日般的慘叫。

後記

「不覺得太陽是復活的象徵嗎？」

感謝您購買《這是妳與我的最後戰場，或是開創世界的聖戰》（這戰）第十三集！

這回雖然以帝國為主要舞臺，同時也將焦點放在皇廳的三王族——「星星（露）」、「月亮（佐亞）」和「太陽（休朵拉）」（前篇）上頭。

伊思卡和愛麗絲的帝國同居生活多了琪辛這個不速之客，加上被天帝的尾巴迷得暈頭轉向的希絲蓓爾，天守府內想必相當熱鬧吧。

在這樣的局勢下——

另一個關鍵人物，想必就是太陽的公主米潔曦比吧。

就像佐亞家的琪辛經歷第十二集和十三集後萌生自立之心那般，休朵拉家的米潔曦比似乎也會在經歷第十三集和第十四集後有所改變。想必在下一集第十四集裡，她才會真正意義上地大展光采吧。

我今後也打算將氣氛炒熱到最高潮，還請各位敬請期待！

那麼，本篇故事先聊到這裡，請容我做個中途報告！

之前在第十二集曾通知過《這戰》動畫有續集的消息。

具體的後續消息還得再過些時間才能傳達給各位，不過現今企畫確實正在推動，細音我也卯足幹勁參加相關會議！

真希望能製作出（超乎）各位期待的高水準動畫續集！

此外、此外！

還要向各位傳達另一項和動畫有關的消息。

去年的新系列《神明渴求著遊戲。》（ＭＦ文庫Ｊ），也開始進行動畫企畫了！

繼去年入選「這部輕小說真厲害！２０２２」的綜合新作前十名之後，又傳來了這樣的好消息。由於是剛出版第四集的新作品，倘若各位願意和《這戰》一同享受閱讀的樂趣，那便是本人的榮幸。

筆者我也參加了每一次的動畫會議，真的充滿期待呢。

也請各位等待後續的消息喔！

再來是致謝的時間。

感謝這次也對我大力關照的各位。

猫鍋蒼老師——謝謝您畫出超級美麗的米潔曦比！

老師描繪的「藍色」帶著通透的美感，真的非常出色。米潔曦比的個人魅力幾乎完全透過髮色散發出來；而冥的角色設計也超級可愛且帥氣，今後也請多多指教！

在動畫續集的籌辦部分，也要麻煩您多多協助了！

責編O大人和S大人——

不僅是原作小說的部分，連在《Dragon Magazine》連載的短篇小說和動畫續集都有您們的幫忙，讓我感到相當可靠。不只是今年，希望就連明年也能將這部作品推上最棒的高潮，今後也麻煩兩位協助了！

最後是下集預告——

下一回，《這戰》第十四集。

「劍士伊思卡和魔女公主愛麗絲的故事」。

在經歷太陽當家塔里斯曼和伊莉蒂雅的死鬥後，米潔曦比公主有了脫胎換骨的變化。

太陽公主以崇高無比的力量引導的未來將會——

與此同時，背叛帝國的前隊長夏諾蘿蒂與米司蜜絲重逢，同時爆發了衝突。

寄宿在米司蜜絲身上的星靈，即將揭露其存在的意義。」

帝國與涅比利斯三王族的正面衝突，即將迎來最後的局面，請各位千萬別錯過！

此外，還有一項消息。

目前已經出版兩集的短篇集《這戰 Secret File》預計要出版第三集了（註：此為日本當地的發售消息）！

由於與第十四集同時撰寫，還在調整上市的先後順序，各位讀者倘若能期待氣氛鬆散的「Secret File」新篇章，我會感到很開心！

如此這般——

二〇二二年的初夏時節會推出《這戰》第十四集，或是《這戰 Secret File》第三集。

（另一冊也預定會儘快上市！）

然後，《神明渴求著遊戲。》第五集正全力以赴撰寫中，本書我也會多加把勁，讓各位能儘快收到新消息！

那麼、那麼，讓我們下次再見！

前天是飄雪的日子　細音啓

下集預告

「各位帝國兵，請看吧。
我終於觸碰到終極的智慧了。這便是星之神祕！」

在經歷當家塔里斯曼和伊莉蒂雅的死鬥，
太陽家的米潔曦比公主有了脫胎換骨的變化。
與此同時，背叛帝國的前隊長夏諾蘿蒂
與米司蜜絲重逢，並且爆發了衝突。
以帝國作為舞臺，星星、月亮和太陽即將交會起舞——

至高魔女與最強劍士的舞蹈，第十四幕。

太陽啊，向我揭示更為高貴的未來吧！

這是妳與我的最後戰場，
或是開創世界的聖戰 14

近期預定發售！

86—不存在的戰區— 1~11 待續

Kadokawa Fantastic Novels

作者：安里アサト　插畫：しらび

「鋼鐵軍靴將踏平染血的瑪格諾利亞，
令受難之火焚燒他們。」

在步向毀滅的共和國，只有令人絕望的撤退作戰等著辛與蕾娜等人。轉戰各國，找到歸宿的八六們試著在黑暗中步步前進，成群亡靈卻阻擋了他們的去路。空洞無神的銀色雙眸，以及那些人本性難移、依然故我的模樣。憎惡與嗟怨的淒厲慘叫在Ep.11迴盪。

各 **NT$220~260/HK$73~87**

青梅竹馬絕對不會輸的戀愛喜劇 1~9 待續

Kadokawa Fantastic Novels

作者：二丸修一　插畫：しぐれうい

女主角們之間戰雲密布，
聖戰開打的第9集！

我跟老爸吵架，在衝動下離家出走，正走投無路時居然就接到白草打來的救命電話！我到白草的房間，便發現白草散發的氣息好像跟平時不同……？面對情人節，白草決定要一決勝負。她能贏過領先一步的黑羽，還有虎視眈眈地等候機會的真理愛嗎？

各 NT$200~240/HK$67~80

丸戸史明
插畫／深崎暮人
編輯／Fantasia文庫編輯部
Saenai Heroine no sodate-kata Memorial 2
不起眼女主角培育法
Memorial 2
Kadokawa Fantastic Novels

世界頂尖的暗殺者轉生為異世界貴族 1~6 待續

Kadokawa Fantastic Novels

作者：月夜涙　插畫：れい亜

世界最大宗教教皇真面目竟是「魔族」？
賭上人類存亡的至高暗殺任務開始！

盧各撐過賭命之戰與談判以後又回到學園上學，便從洛馬林家千金妮曼那裡接到了驚人的委託。據說貴為世界最大宗教的雅蘭教教皇，竟是由魔族假扮而成！盧各這回要暗殺屬於頂級權貴人物之一的教皇，其真面目還是超乎常理的「魔族」──

各 **NT$200~220/HK$67~73**

為何我的世界被遺忘了？ 1~6 待續

Kadokawa Fantastic Novels

作者：細音 啓　插畫：neco

揭露世界的真相——
目擊衝擊性發展的奇幻巨作第六彈！

六元鏡光、凡妮沙、拉蘇耶三英雄，因為三種族的意圖各不相同而產生衝突。獲得預言神加護的這個世界的「兩位希德」——阿凱因和特蕾莎則在伺機而動，準備對三英雄發動猛攻。此刻，這個世界將邁入「不存在於任何人的記憶」的局面——！

各 **NT$200~220/HK$65~73**

瓦爾哈拉的晚餐 1~5（完）

Kadokawa Fantastic Novels

作者：三鏡一敏　插畫：ファルまろ

正面挑戰詛咒命運——
「輕神話」奇幻作品迎來最高潮！

我是山豬賽伊！在上一集我的祕密終於揭曉。原來我是會對所見之物激發占有欲，並會殺害得手者的詛咒戒指……幸好目前詛咒還沒有發動的跡象。而且這種時候往壞處想也無濟於事！我的優點就只有精力充沛和死後復活而已！可不能在這時灰心喪志啊……！

各 **NT$180~220/HK$55~68**

國家圖書館出版品預行編目資料

這是妳與我的最後戰場，或是開創世界的聖戰 / 細音啟作；蔚山譯. -- 初版. -- 臺北市：臺灣角川股份有限公司, 2023.08-
冊； 公分. -- (Kadokawa fantastic novels)
譯自：キミと僕の最後の戦場、あるいは世界が始まる聖戦
ISBN 978-626-352-806-2(第13冊：平裝)

861.57 112009558

Kadokawa
Fantastic
Novels

這是妳與我的最後戰場，或是開創世界的聖戰 13

（原著名：キミと僕の最後の戦場、あるいは世界が始まる聖戦 13）

2023年8月23日 初版第1刷發行

作　者：細音 啓
插　畫：猫鍋蒼
譯　者：蔚山

發行人：岩崎剛人
總編輯：蔡佩芬
編　輯：彭曉凡
美術設計：李思穎
印　務：李明修（主任）、張加恩（主任）、張凱棋

發行所：台灣角川股份有限公司
地　址：104台北市中山區松江路223號3樓
電　話：（02）2515-3000
傳　真：（02）2515-0033
網　址：www.kadokawa.com.tw
劃撥帳戶：台灣角川股份有限公司
劃撥帳號：19487412
法律顧問：有澤法律事務所
製　版：尚騰印刷事業有限公司
ISBN：978-626-352-806-2